深圳体温

街巷志

王国华 著

WANDERING IN SHENZHEN

深圳出版社

深圳的常态。本书中所描述的街巷乃深圳的另一种常态。皆为深圳的肌肤。

一个个行走的灯,照得清眼前的路程,但还是要等待天明。

楼房的洗脚盆上，也可以架一座桥。

当年都曾高大挺立过,左顾右盼过。

人来了，走了，比建筑老得还快。

无数棵被崇拜的树木,让这个城市显得镇静。

伺机逃跑的香蕉。

贺新春,舞狮。身着短袖的本土青年。

PREFACE
— 序言 —

立足于深圳的"城愁"

2018年的时候,我就立志每年写一本"街巷志"。十年,写十本,也算做成一件比较像样的事。《街巷志:深圳体温》已是第三本。前两本分别为《街巷志:行走与书写》《街巷志:深圳已然是故乡》,网上搜索可得。

蹒跚走出三步,算是踏入深水区了。若说前两本书是试水,仅及脚面和腰部,那么这一本就到了脖颈,我可以在水里扎猛子,仰泳,蛙泳,狗刨。水大,人自由。当然,那水越来越深不可测,越来越遥不可及,再怎么扑腾,也只是"取一瓢饮"。水在辽阔的虚空中安详地看着我,等待着我。

我的"一瓢饮",着力点为街巷。有朋友说,深圳无街巷。这怪不得他。深圳标签多,以改革、科技、金融、包容、打工、山寨等为最。标签简练明确,却也坚硬、僵化,遮盖其余。况且,这些标签中都缺少生动的人,柔软不起来,看起来可不就和没有一样。我辈移居深圳日久,街头小吃尝遍,山边花草览尽,接其日光灯光,触其肌肤温度,人与城,城与人,逐渐融为一体,有能力有必要将自己感受到的体温出示一下:喏,深圳其实是这个样子。

这些年的很多个周末,我都穿行于深圳的大街小巷。大街如楼厦林立的深南大道,小巷如城中村里仅可容一人走过的握手楼。当我的身影在街巷里晃动时，此处的每一块砖，每一道墙，楼上的每一扇玻璃窗，窗后面每一个倏忽消失的人影，都带上了光环，延伸着事物本身，连接起了天和地。行走其间的我，同样披挂光环。我们互相观望和打量，内心都有着说不出的欣喜。它们不仅仅是铁硬的建筑，我不仅仅是个头不高，脸色发黑，精神头儿十足的中年男人。我见青山多妩媚，料青山见我应如是。我回到家把所遇所感记录下来，形成一篇一篇作品。等下次再走回头路，那些事物上面的光环消失了，恢复了俗气，消失了神性。吾亦然。外人所见，平庸的王国华混杂在人流中，在平庸的街道上匆匆而过。却不知，彼此已有过灵魂的互换。

此处街巷，并非一街一路一社区，而是包罗万象的生活。我所走过的每一步，海岸边，树林中，草地上，见到的一花一木，一猫一犬，凡有人有温度处，皆街巷。且不止于浓浓的烟火气，更有烟火之上的神气。有了这神气，烟火气方能气定神闲，袅袅不断。街巷集人之大成，在我文中，除了自己，很少写某一个具体的人，他们和她们，始终都在，无声地隐没于我的文字街巷中。

我将这种书写概括为"城愁"。文学中的"乡愁"，本为故乡之思，却不知不觉被窄化为乡村之愁，夕阳断桥与村头半夜清冷的狗叫。所谓"城愁"，对此算是一种修补或者修正吧。全球城市化的激流滚滚而来，田野中的庄稼越来越孤单,人群越来越向一些地方聚集,由此产生的"城愁"的内涵与外延更深更广,总体上,可以理解为城市生活背景下的情绪。何谓"城愁"?千万别纠结于概念的定义,还是先要有文本,撒开了写,你也写我也写,文本达到了一定的量,指向逐渐清晰,定可反作用于概念,不仅阐释概念,还可丰富之。

我的"城愁"书写,堪为个体描述。相对于乡村,城市生活的层次要多得多,每个人的具体走向、心路历程,在此心境下的风景,也大大不同。所有的书写,必然是挂一漏万的,读者翻完几页纸,发呆,心想,这是什么意思。不过,繁复的层次,增加了描述的可能性,怎么写都有理,怎么写也不至于没有一声喝彩。只要有那么几个人闲坐图书馆一角,不小心翻到这本书,忍不住读了几页,再读几页,便放不下了,想到他自己的故事和自己的"城愁",我就算没白写。即便无共鸣,我也无所谓。这注定是一条高处不胜寒的狭路。

如果看得再长远些,"城愁"仍是人群情绪中的一个小小节点。将来也许有一天,城市渐渐分裂离散,人们被迫回到山顶与树上。"城愁"和"乡愁",成为后人难以理解的两个词语。只要契机到来,一切都会发生,必然与偶然,乃是真理两极。

或问,以你所在的深圳,足以支撑"城愁"书写吗?答,这要看怎么说。深圳目前仍是变数最大的城市之一。

人口仍在大量流入，旧房子仍随时被拆除，新的楼房站起来，门口随时出现一个崭新的公园。它的丰富性以及在这丰富之下的暂时性残缺（过程中的不完备）都让我有得想，有得写。但我所写的文字，均限于当下，若干年后如果观点变了，千万别吃惊。谁知道以后怎么样，会不会变。深圳只是我最熟悉的一个支撑点，但不是唯一。我去中学做讲座，对着那些年轻的面孔说，深圳并非一个生来便包容的城市，排外乃一种本能。特区初建之时，天南地北的外地闯深者遭受的屈辱和欺压是一本血泪账。后来外地人汹涌而至，掌握了更多话语权，对于新涌来的人，可以没有"咱们都是外来人"的亲近，但也提不起底气排斥，懵懵懂懂中，开始以"来了就是深圳人"概括之。这种地域性格谁也不晓得能维持多长时间。年深日久，初来者心里踏实了，以本地人自居，或者你们这些深二代深三代成为社会主流，你们的亲人、同学构筑了新的关系网，是否就会排斥动自己奶酪的人？所以，你们要理解"深圳是离不开外来人口的"。将来深圳会不会僵化，取决于你们的想法。

　　说归说，我心里也没底。

　　还是走一步看一步吧。起码到目前为止，我对以深圳为切入点的都市生活之热爱和肯定，远胜于乡村，我的"城愁"远盛于"乡愁"。我会把一点一滴的"城愁"浸透于一字一句一文中，并借此悄悄地走近你……

CONTENTS
一 目录 一

第一辑 巷中总见一身影

冬至上街图 /002
老街寻标配 /012
往事之墙 /022
大水即将淹没骨架 /034
巷中灵 /042
身份 /046
小区旧事 /051
灶下 /060
环岛上的学堂 /076
金龟 /082

第二辑 人来花不谢

鸡蛋花的尖叫 /088
跟着花朵到深圳 /094
一片花海向阳开 /100
杠上开花 /105
依稀仍是"死不了" /110
绿萝绿萝你别走 /115
日遇三毒 /120
寻花记 /125
探花 /131

第三辑 水果在天空奔跑

杨桃 /138

柚子 /141

荔枝 /144

芒果 /147

莲雾 /150

香蕉 /153

菠萝 /157

百香果 /161

火龙果 /164

番石榴 /167

山竹 /170

榴莲 /173

柠檬 /177

第四辑 胡不归

飞去来兮 /182

在深圳捡钱 /200

第五辑 自在传说深圳

掺阳光 /220
遥远 /224
枝杈里藏着一个孩子 /227
雨打芭蕉 /230
慢的对面是快 /234

附录 一线牵始终

直到冰凌化成水 /240
和雕塑对视 /248

巷中总见一身影

第一辑

冬至上街图

一早一晚，这条街就成了流淌着摩托车的河。一辆接一辆的摩托车、电单车从两旁的小巷子里源源不断地涌出来。或向南，或向北。汽车如水中的礁石，被逆向的两股洪流冲刷着，可怜巴巴，只能一厘米一厘米地往前挪。骑车的人有男有女，有老有少，全部面目清癯、神色沉静。近午始散。街道恢复了相对的安静。

此街名为沙井大街（俗称沙井老街），位于深圳市宝安区沙井街道。现在看来，"大街"两个字夸张了，四五米宽，仅勉强够两辆车通行。一线城市深圳市的深南大道、北环大道、滨海大道若知道，定会"噗嗤"一下笑出声来。

放在二十世纪七八十年代（此地还叫作宝安县沙井镇），也确实算一条大街。今日街路，两边店铺林立，仿佛时间凝滞，依然是彼时样式。有肉铺、五金店、杂货店、理发店、搪瓷店、打印社、口腔诊所等。或因房子低矮，老街显得风大，立于街头，有头发飘飘之感，秃头则有突然一凉之感。并不冷，阳光透彻。白皙少女笔直地站着，手持冰淇淋，和跨坐在摩托车上的小伙子聊天。每次经过,都看见旧货店老板躺在靠椅上睡觉,光脚搭着旧沙发的边缘。他睡得太沉了,太香了。依稀可听到他的呼噜声,偶尔响起的摩托车鸣笛声为其伴奏。有这个画面,街道便配得上一个"老"字。

最南头的入口处,两座二层楼房,中间夹着一个小吃部,极似一个"凹"字。小吃部名叫"和兴美食店",楼顶上赫然长出一棵紫荆树。时值冬至,天气却和暖,五瓣儿的紫荆花开得上气不接下气,偶尔一片花瓣飘下来,敲在行人的头上。站在旁边研究了半天:楼上有足够的土地让它长这么高大吗?走近,见小吃部入口,紧贴门处竖着一根柱子,用闪闪发亮的金黄布包起来,摸一摸,原来是树干。食客进小吃部,需绕过它。

这算和谐共生,还是挤压?没人注意树干。那紫色的花、绿色的叶在空中摇曳,打扮成"我是奇迹"的样子。

长不过一两公里的主街上,有几个标志性建筑物。

"深圳宝安沙井供销合作社"。一座四层小楼,外墙贴瓷砖,细打量,其实就是一个小卖店,商品摆放略似三四十年前的样子,比如毛巾均一摞一摞平放于架子上,各种竹编器具、塑料桶、陶瓷直接放地上。地面干净,有一股陈旧的气息。不断有人进来购物,把东西一件一件放到汽车后备厢里,默默开走了。我曾问一位本地人,这样的店面怎么能经营下去。他说，既然能活到现在，就证明有生意做，没被所谓日新月异的进化抛弃。

紧挨着供销社，是一个改衣店，改裤脚换拉链。再旁边，一个名为"鸿基饼家"的店铺，主打炒米饼。门口摆放的玻璃瓶子里放着已经做好的炒米饼，圆，小孩手掌大小，黄白色。有老年妇女在认真挑选。

供销社斜对面，是天后古庙。门口放着长方形的香炉，烟气缭绕。旁边摆一个凳子，凳上是一个白色铁桶，桶上有开关，拧一下即放出水来。桶面贴着八个字"佛爱凉茶，免费赠饮"。神的赐予要大方接受。我喝了一杯。

天后者，即闽南人、台湾人口中的妈祖。宋人林默娘生前有神迹，护佑出海渔民，死后渐成渔民守护神。台风、海啸、地震，摧枯拉朽般毁坏他们的房子，掀翻他们的小船，将他们埋入深深的海底。无能为力的人们，自然希望更多的神灵陪在他们身边。

一个小男孩儿问他的妈妈，这是来干吗的？妈妈的回答被我听个正着。她说，有些自己办不了的事，就让天后帮忙。

巨大的天后塑像，面目柔和，跟前的桌子上摆满祭品。桌下三张跪椅。一位穿白色毛衣的女士虔诚地磕头，磕头，然后站起来走了。佛音连绵不断。

天后古庙的不远处，同一侧，亦有一庙，名"洪圣古庙"。洪圣者，唐代广利刺史洪熙，据传其廉洁爱民，精通天文地理，曾经设立天文气象观测所。出海的渔民和商人从中受益，推崇其为海神，代代供奉。广东各地颇有一些祭祀"洪圣"的古庙。在网上搜索广利刺史洪熙其人，史料中未见。同类古庙中的记载，多用"据传"两字。但亦不能因此断定并无其人其事。中国向来以北方为中心，粤地古属南蛮，不获重视。偶尔能给粤人带来一点亮光的，他们便敬之爱之。如潮汕人，供奉流放至此仅八个月的韩愈，庙、路、山、江、林皆以之名，生生将他供奉成了潮汕文化代名词。韩愈生前或许怎么也想不到身后是这个样子。寂寂无名的洪熙，不一定见容于当时的主流话语，却以另外一种方式在南方民间扎根并放大。东方不亮西方亮，此一例证也。

洪圣古庙墙壁上有一长方形《富贵留连图》：正中，案后坐一对老夫妻，两旁站立着儿女、子孙、丫鬟等。子女都穿官服，其乐融融的样子。浮雕栩栩如生，人物形神毕现。此种写实，与东方传统的写意差别很大，反类西方油画。在佛山著名景点"祖庙"中，颇多陶瓷雕塑，亦如此。岭南人凭海远游，近代与西方接触最早最多，文化和思维方式不免受到熏染和影响，此又一例证。

正门一副对联："前朝南海万顷金波活二虎；后靠凤岭一轮丽日醒双龙"，有点气魄。但无论是洪圣还是天后，都非此地独有，甚或山寨了其他地方的亦未可知。其中的字画亦如此。这种小镇，能有多少出类拔萃的原创？能让本地人在具体生活中有一点寄托，有敬畏之心，遵从圣贤之心，便好。

这几个字应是原创："庙前严禁停车，触犯神灵，后果自负"。非常世俗的切入点。

也许真的有神，而我们看不到。他们不会辜负这些庙，隔三差五到各地的行宫里走一走，看一看那些拜佛的人。雕像就是他派驻在庙里的眼线，负责收集相关信息，合理的给予帮助，不合理的不但不帮助，反而教训那些贪婪的人。只要这个庙在这里，神迹就有机会发生。

还有水产公司的门店，出售各种与蚝有关的产品，蚝干、蚝油、蚝豉等。当地先民以养蚝（即北方俗称的海蛎子）为业，沙井临珠江入海口（名为合澜海），气候、水土均具先天优势。如今，这里每年都举办金蚝美食民俗文化节，推广本地土特产。

大街上还有"沙井古墟"遗址。"墟"乃北方的大集。北方赶集，南方赶墟。

水产公司相当于整条街道日常生活的中心。洪圣古庙是清代新安县（宝安县更早的名称）团练总部（即民兵总部）所在地。天后庙是改革开放前的沙井影剧院。再加上供销社和蚝业小学，仿佛一张历史拼图，又拼回了六七十年代。

它们看上去老态龙钟，不怒自威。但这种老只是暂时的，供销社也不是开天辟地时就在那里。掐指一算，不过几十年历史。它刚出现时，人们用好奇的眼光打量，禁不住内心也因为新面孔登场，老旧的商场倒闭而感到不适。转眼间百年媳妇熬成婆，曾经的新，在更新的事物中鹤立鸡群，开始以老自居，也让它因为不同而自傲。你可以把这种自傲看作是抵抗。当年它抵抗旧，现在它抵抗新。它是所有事物的一个缩影，谁也不愿意自自然然地消失，水过无声一样。

当人们集体无意识地为失去旧而感伤时，我想的是，其实从来没有全旧的东西。旧中一定有新，新中一定有旧。没有全旧的，全旧的是坟墓。也没有全新的，全新的不可能聚来人气。必须是以旧带新，以新搀

能听到他鼾声的人，比他睡得还香。

扶着旧，新新旧旧夹杂着前行，人们也必然在旧的失落和新的期待中送走一段又一段时光。

主街将密密麻麻的民居分为东西两面。这些小巷，最是生活之地。我走进去，绕绕停停，如入迷魂阵。小房子大多一人多高，挂着"蚝三旧村六巷""七巷"之类的蓝色小牌。墙体上莫名其妙有一道一道灰黑，被惨白的洋灰底色反衬着，好像老年斑。蹒跚的老人从两堵墙之间走过来，阴影笼罩着她。我站在阳光里，面对面看着她，她仿佛从另一个时光走向我，走向我。那一瞬间，我感觉应该迎过去扶住她。但当她终于走到我身边，披上阳光时，我下意识地躲开了，仿佛怕被那坚硬的时光刮蹭到。

小巷也就是一米宽，推开门，可以直接顶到对面的墙上去，所以门只好往里开。里边还真有人住，有的门是敞开的，两三个男人光着膀子在聊天，路人不免误以为自己走到别人的家里了，要快走几步，逃离之。但怎么逃离呢，前面一家也敞着门。

在一条稍宽敞的道路上，门口坐着三位中老年妇女，都瘦，戴着帽子、口罩。皮手套，手里捏着刀，在撬蚝壳。每人面前放一个红色塑料盆，内盛半盆水。她们把软塌塌的蚝肉扔进水盆里，蚝壳抛入旁边的圆筐中。蚝壳拳头般大小，壳内的白和壳外的黑形成鲜明对比。外壳上还沾着好多算盘珠大小的蚝。未成器的小蚝，没来得及长成便给大蚝殉葬了。时不时有苍蝇站在上面，不停地搓手。风来，一股浓烈的腥味儿。

这些成排的低矮的旧房子旁边，已不可避免地盖起了一些楼房，所谓的"农民楼"是也。墙上是八九十年代非常时兴的那种外贴瓷砖，或白，或棕,或红,瓷砖上布满下水管道或者燃气管道。这些农民楼又窄又瘦,每层好像只能有一两个房间,但是坚韧不拔地向上蹿去,可以盖到五层、六层,甚至更高。它们的生猛让低矮者更显老旧,绝似一个四十多岁的女人和一个七十多岁的老人站在一起。

农民房破坏了整体的旧,带着暴发而向上的姿态。其实它们也无安全感。有的农民房上画了一个圆圈,里面一个触目惊心的"拆"字。有的已经拆完,四四方方的地面上堆满了乱瓦和残砖。灰尘偶尔扬起。

与破败的内地老城不同,巷子里并非都是老人,还有数不胜数的年轻人,他们染着黄毛,嘴里叼着烟,骑着摩托一掠而过,复制老一辈人的车辙。她们烫着卷发,口红鲜艳,低头刷手机。旁边拄着拐发呆的老太太,或许就是她们的未来。这个地方没被抛弃,深圳土地面积总共不到两千平方公里,哪里舍得浪费一寸土地。一代一代的人将在这里繁衍生息,重复,或者创造想法和价值。

巷子里面还有一些标志性建筑。其一为龙津石塔,乃深圳现存年代最早的地面建筑,广东省文物保护单位。石塔不显眼,不高大,加上底座总体不过两米。下为方形竹节角柱须弥座,上为攒尖塔顶。塔身正面为浮雕半身佛像,两侧镌刻双手合十、仗剑除妖形象以及佛经咒语,背面刻有"嘉定庚辰立石"的字样。旁边立一个石碑,碑文显示,此塔"南宋嘉定年间盐大使建桥于沙井东北,桥成之日,风雨骤至,波涛汹涌,若有蛟龙奋跃之状,因立塔镇之"。

另有一曾氏大宗祠。同古庙一样,"文革"期间遭到一定程度的毁坏,粤人宗族观念极强,重视祠堂,于是重修宗祠,也是对过往的一种修正。石碑上刻着的捐款名单来自本村和港澳等地，可见影响之广。祠堂里面的字基本都是"忠孝仁义""源远流长""三省吾身"之类。还有一些对联，如"子孙虽愚经书不可不读；祖宗虽远祭祀不可不诚"，"一饭一粥当思来之不易；半丝半缕恒念物力维艰"，这些温暖的老话，至今仍有意义。能修正过来就好，可不要再毁掉了。中国有句俗话，叫作"事不过三"。

主街的西面，亦是一条一条的小巷，两边的房檐已经挨上，大高个儿进去，得低着头走。这里住满了人，生活气息更浓。有人在炒菜，油烟窜到巷子里，有点呛，有点香。听他们讲话，均本地口音。传言深圳发展几十年，本地人都发财了，要么成为包租公包租婆，要么开公司办工厂，为何还拥挤在陋巷中？我不相信是因为他们热爱原始的方式。毋宁说是"不得不"。总有一部分人疏离于洪流之外，他们的爱恨情仇被挤压到地面上，以致只会抬头的人看不到他们。

在一个小店中点了一碗馄饨（本地称云吞），静悄悄地吃。周围食客叽里呱啦地说着粤语，忽然感觉自己很陌生，像个闯入者。在深圳，这种情况极少见了。一个饭桌上，大家互相自我介绍时，都说你是那个省的，我是这个省的，"凤毛麟角"的本地人自动调整成蹩脚的普通话模式。而我在这里，想调整成粤语模式却不可能。听不懂也不会讲。他们是无可置疑的主流，自如地运用自己的"母语"。我一辈子都融入不了他们。想想，为什么要融入呢。有必要进入他们的价值观、思维方式吗？各自过自己的日子，大家都开开心心，偶尔彼此观望一下，一辈子都这样，也挺好。

高大的榕树投下斑驳的阴影。它的气根又粗又长,像鞭子一样,准备抽打谁似的。走过的人,熟视无睹,感受不到威胁。

在老街逛了一天又一天,所见所闻,若走马观花,可以全部忽略掉。和其他地方路边的风景没什么大区别。大城市的浩瀚和博大,瞬间就把它淹没了。如果走进去,沉入其中,每一个细小的事物都放大来看,便觉其深邃。深不可测。但远处的高楼大厦早晚会蔓延过来,这些巷子是跑不掉的。它在反抗吗?我没看到。它在妥协吗?我也没看到。新和旧不免博弈和共融,日子不免一天接一天。我以我笔,记下它曾经的存在。将来是个什么样子,就由别人去记吧。而他们的记录,也会成为历史的……

老街寻标配

到观澜老街去找不同,却发现了一个又一个"相同"。此处拥有者,他处亦有。我称之为"标配"(标准配置)。标配让老街似曾相识,削弱了独特性,又可在似曾相识中细究腠理,恍然入定。

深圳有一些称为老街的地方,以保留历史风貌为初衷,将一些曾经人气很旺,后来老化、落寞,一时半会儿又不方便拆掉的墟镇重新梳理包装,试图使之聚拢人气,焕发活力。除"老街"二字,有些则以"小镇""古镇"等自号,性质都差不多。深圳建城历史不长,这样带着农耕色彩的街路尚能挺得住高楼大厦碾压。再过些年,它们是否存在,还真不好说。

观澜老街位于龙华区。资料显示,该地是深圳历史上四大名墟之一,已有二百多年历史。古墟由观澜大街、卖布街、新东街、西门街、南门街、龙岗顶街、立新巷等十几条街道、巷道组成,在清代,此处乃中外商品交易的中转站,素有"小香港"之称。题外话,中国大地上,稍微繁华的地方,一度喜欢自称"小香港",如今,估计自称"小深圳"更具现代感了。

观澜老街之不同，或是碉楼较多（与北方大地上出现过的"炮楼""碉堡"相似）。旧时匪患严重，建此碉楼，直通通的一个圆柱体或长方体，高而结实，外面无楼梯，易守难攻。只要里面水和粮食充足，外面的人就只能干看着。此类碉楼在岭南并不鲜见，观澜尤其多，至今保留十几座，沧桑斑驳。似可佐证曾经繁华而富有，是土匪觊觎的肥肉。

目力所及，街道上更多的则是所有"老街"或"古镇"之标配。比如成衣品牌。老街上的"卖布街"是条步行街，旧时引领布匹及成衣市场的时尚潮流，吸引了宝安、惠州、东江流域及北方地区的众多客商到此，堪谓客似云来。居住在周边来赶墟的人们，也时常要到这条街上逛逛，买一块流行的布料，做一件漂亮的衣服。卖布街曾有"大街不大，日进斗金"的说法。今天的卖布街上，却以大路货居多，若老北京鞋店、新百伦领跑，若专卖女士内衣的都市丽人，其他如特步、361°等。有一年单位组织长跑活动，发了一套全身的361°，出门便与快递员撞衫。其时快递员还没统一服装。吾知职业无贵贱之分，只是觉得太普及。还有一次，叫了电单车，司机跟我个头差不多，同样是蓝色的361°。我坐在后座，看上去，和他像双胞胎。从那以后，我再也不叫电单车了。

至于以纯、森马，亦然。这些品牌我不懂，老婆懂，有时会走进去看看。她见这些品牌,常常小小地感慨一下,森马,哦,昨天在某个老街上看到;哦,以纯,半年前去过的另一个"古镇"上也有。

与此搭配的辅助店铺,则为周六福、金六福。买完衣服配首饰,倒也合理。店中不见多少人。人家非但没倒闭,反而像爆炸一样,四处散花,起码证明有生意做。

这些熟悉的,带着故事的"标配"忽地亮在我面前,吾不沮丧,低头把玩,如数自己的手指头。本来也没指望老街一惊一乍。或曰,我不希望它浑身写满"独特",反因半是熟悉半是陌生而心安。"标配"给了老街一个骨架,令其结结实实地站立在这里,而骨架上的肉和骨缝里流淌的血液自然还是属于自己的。

整条卖布街,一面是卖衣服的小店,对面则是小吃摊。露天。下雨天要么撤摊,要么就得搭雨棚。所售者,熟脸颇多。标配食物二种:一个是长沙臭豆腐。有人在摊前排队,都低头看手机。成双成对者,女孩儿端着吃,男孩儿捂着鼻子在旁边继续刷手机。女孩儿吃完,两人手拉手一起走了。一个是绝味鸭脖,窃以为此乃中老年人食品,可佐餐,可下酒,细嚼慢咽的那种,能把鸭脖吃出龙虾的韵味。年轻人则返璞归真,干嚼。我亲见一个小伙子撕开塑料袋,从中抽出一根,皱眉噘鼻,用力地撕咬,如虎吃鸡。

还有辅助小"标配",西安肉夹馍。真香。每次都把油滴在前襟或裤子上,回家后得及时用手搓洗。其中一种标准吃法是,肉夹馍一个、凉皮一份、冰峰汽水一罐(橘子味,颇似老式的橘子汁)。有无冰峰,堪为是否正宗的隐秘符号,此乃吾于西安一个出租车司机口中得知,如获至宝,遂成我考察深圳遍地肉夹馍店的标准度量衡。

岭南本土标配食品两种。

一曰孺子牛杂。最初见到这四个字,以为是书店,因其店铺牌匾字体统一为楷体加粗,雅致,又与周树人先生名句相呼应。后发现是食品,亦未觉亵渎前贤,反倒是以民间方式为其张目。牛杂分量有大小,价格从七八元到二三十元不等。广东不以产牛取胜,吃牛却独有一套,以工业术语描述之,便是"来料加工"。仅以潮州牛肉丸为例。纯正的牛肉丸需全程手打,厨师手持两根铁棍,反复敲打牛肉,直到稀烂成泥,富有弹性。周星驰电影《食神》中的撒尿牛丸,落在地上还能像乒乓球一样跳起来,是事实基础上的放大。牛杂乃牛主体之外的废物利用。牛肚百叶蹄筋心肝肺等,全部煮透煮烂,撒几段香菜,放在快餐盒里,几口吃完,汤亦喝干,扛饿,却不占肚子。走累了,买一份,还不耽误晚上继续用餐。

一曰凉茶。深圳凉茶以徐其修为最。凉茶其实是热的。店主拎起刚刚煮开的大水壶,倒进一个个装着各种药剂的杯子里。凉茶疗效多,或明目,或清肝,或补肾,或去火,无限细分。本地人都信这个。外地人待的时间一久,也跟着信了。

观澜老街上的孺子牛杂和凉茶店紧紧挨着。一吃一喝,较为搭配。

其他如螺蛳粉、重庆小面、河南烩面、老上海馄饨等,时有时无,品质不一,从略。

电商时代,实体店生意越来越不好做,小吃店似乎不怎么受影响。

只要口碑好，总有回头客。且，小吃摊位或店铺，仍以现点现吃为佳，味道纯正，温热适宜。口碑佳的小吃品牌总是顾客盈门，顺便帮旁边的手机店、学生用品专卖店、小超市等带来人气，堪为实体店救命法宝之一。

名为老街，房子却非不能碰的娇气古董。一部分老宅、旧建筑，拆了可惜，拆的成本又高，竟得以保留。而其居住体验与商业住宅有差距，遂以低房租吸引客人。这与内地一些只做旅游，供外来客购物的木乃伊式"老街"还是有所区别。深圳人多，总有人在这里找房，以致老街周边人流密集。

观澜老街的标配面孔。

以拉客为业的电单车司机。这一行业存在已久，与所谓的一线城市似乎不搭，亦曾被以多种方式取缔过。电单车司机有时不注意安全，无视红灯存在，汽车司机们常见电单车直眉瞪眼逆行飞来，吓得赶紧停车，对方还不乐意，质问你是怎么开车的。电单车司机对客人倒是挺礼貌，收到三元五元，定说声谢谢。这些人没有读过什么书，由各地到深圳后个个入乡随俗，以客为天。吾在北方时打车，跟出租车司机说个谢谢，他还爱搭不理的。但有需求便有供给。电单车在速度、效率、价格上，仍可于共享单车、出租车之间区隔出自己的存在。在老街的桂花路上，见一个少妇正与电单车司机讨价还价，到汽车站多少钱？七块。五块吧。小妹啊，挣钱不容易啦，再添一块啦。少妇上车，司机一扭车把上的油门，唰地超过了前面一辆斯柯达。

年轻店员。老街店铺多，限制噪音，不能用大喇叭揽客。周末两天，

保留至今的碉楼。一直疑惑,当时的人是怎么从底层抵达高层的。

店员纷纷站在门口,有男有女,拿着手拍,塑料板制成,类似手掌,粉黄绿三色,可啪啪打出节奏,吸引游人的注意力,其中尤以刚开业的美容美发店、成衣店、干果店为最。他们精神亢奋,大声喊着,进来看看,买不买都没关系,先进来看看啦。

制服男女。多年前,路面上的制服主流是工厂妹。浅灰色、棕红色制服和胸前的厂牌代表有定期的工资领,在人口红利阶段,可平添事主的自豪感。今日工厂妹沦为配角,保安、快递小哥、保洁阿姨,轮番登场,绚烂着大街小巷。下班后,她们脱掉制服,换上裙子,亦成一时尚小女孩儿,圆脸,个头不高,端一杯奶茶,边走边喝,插管一直不离开嘴。和制服男女擦肩而过时,也不夹生。角色之转换,瞬间而已。

本地老板。店铺多为肠粉、杂货、农家菜之类。门口常坐一二中老年男人,秃顶,消瘦,夏秋季节穿挎带背心。哪怕只有三五平方米的空地,也要摆一张茶桌。几个茶杯,比手指盖大不了多少。一壶单枞。老板一手夹着烟,一手端着茶轻啜,一边打量来往的路人。

从他们身上,可以看到一二百年前曾经从这里经过的人。他们的身影像化石一样紧紧贴在门面上,马路牙子上,碉楼上,撕都撕不下来。我一一打量之,眼神如水,湿润之,软化之,眼见他们又活过来,成为一一行走的身影,与多年之后的这些身影重合。那些人的表情在这些人的脸上重新绽放,皱纹都看得清。

老街另一标配:庙宇或家祠。

深圳总共不到两千平方公里的土地上,能叫出名字来的寺庙不过那么几个。但小巷中、榕树下、河湖边、废弃荒地乃至公园的凉亭旁,都有本地人建造的无名"小庙"。砖头和树枝勾连出巴掌大一个空间,也算"庙"。无和尚居住,神灵却可到此暂歇。神灵又不要求一定住三房两厅什么的。经过时斜眼扫视,见里面供奉着菩萨、关公、弥勒佛、孔子等塑像。有的什么也没有,空空的一层灰,仍依稀可见神灵出没。

此处有一"观澜古寺"。亦不大,无外墙,可直接进门。正值疫情期间,门口坐着一个老年保安,面目和善。让我们先测体温,再填写近日行程表。踏进高高的门槛,里面一主殿两侧殿。主殿内乃一佛像,侧殿内分别是关公与财神,看来也是各司其职。我在关公处没作停留,在财神处许了个愿,比较世俗的那种。还有一个塑像,辨认不出,应该是掌管学习的吧?见一个十来岁的小男孩,虔诚地跪在那里,拜了又拜。我暗祝他期末考试门门打高分。

观澜老街中见到两个祠堂。一个是万安堂村的"王氏宗祠",两边贴的对联是"两晋家声远,三槐世泽长"。我亦姓王,对自己的姓氏从无自豪感。此乃天赐,与我个人努力无关。有人建一个某城市的王氏宗亲群,我被拉进去没几天便退出了。大家阅历和生活处境反差极大,价值观更是毫无交集,有一个相同的姓氏又能怎么样。站在此地的王氏宗祠前,忽有触动。这样几间老屋,由族人捐款建成,定期祭拜、议事,就是用来规范族人行动坐卧、一言一行的。天长日久,相同的价值观渐渐形成。宗祠之功,绝非一时一地,可代代传承。人走到哪里,祠堂就在哪里。

另一个是三栋屋村里的"肇敏家祠",门旁贴着的对联是"肇居千载,敏宅万年"。观澜老街本来不大,里面竟又是一个个小村,分分合合,各自连接又有所保留,说是包容也好,说是坚持也罢,只要谁也别吞掉谁,就挺好。"肇敏"非姓氏,或为祖宗对后代的期许。《诗经》中有"肇敏戎公"之句,肇敏者,尽心竭力也。古代谥法中,有"肇敏行成"之说,意为"正直"。两个解释都说得通。

祠堂乃慎终追远之地,亦有宗教内涵。西方人做了错事坏事,上帝会惩罚。东方人做错事,无颜到地下面对祖宗。祖宗亦是一敬畏源。这些庙宇和宗祠,在深圳光鲜的外壳下面,却支撑着一副鲜为人知的骨架。我从不认为这是农耕残余,反而坚信这是敬畏心。拜神拜祖先并不全是功利诉求,更有自我约束在里面。

另一标配,让我欣慰,此即中型商业综合体。强调中型。

观澜老街最把头的位置,有一个颇具山寨味道的名字:兴万达商场。进去转转,吃喝玩乐,基本什么都有。品质上,上可着天,下可落地。圣诞树与糖葫芦齐飞,大蒜共咖啡一色。摸着的不是蓝天,是最低级的大气层;落下的地,不是广袤原野,乃一泥泞小道。其意义在于,提供多种服务,又不至于比周边店铺跳跃太多,抢了所有人的生意。它连接着原始生活与更高的期许,却不霸王硬上弓,追求一步到位。我亲眼见过巨无霸型商场的诞生:高大全,整齐划一,所到之处,寸草不生。老旧房子全部推掉。小生意人要么为我所用,要么自行离开。一种无形的哀鸿遍野。

观澜老街上,我融入人群,还能清晰听到自己的心跳声。一个个大大小小的"标配",也在灵活地跳动。它们并未令老街失去风格,磨损了本色。这庸常便是其本色。新旧混搭,古今掺杂,忙忙碌碌的生活气息,每天都从这里散发出去,将剪影刻画在墙上。

冬日的阳光依然温暖,有人行色匆匆,有人悠闲漫步。

老街,你好。

往事之墙

冬日气温较低的一天。有阳光,体感并不冷。站在宽阔的广场上四处打量,可见临街一个牌楼,横批四个字:大万世居,两边对联是:大学家声旧,万民气象新。

广场四周是一排排的农民房。边缘处有一儿童游乐场,几个小朋友正跌跌撞撞地跑上跑下玩滑梯。所谓农民房,亦即城中村。与市中心的城中村相比,这里更疏朗些,不拥挤,也不高,应是为避免遮挡了大万世居的全貌。

大万世居乃一围合式建筑。若航拍,可见方方正正的一个极大院落。从某种意义上看,就是一个村子。村中人都姓曾,有一个共同的祖先。二百多年间,后代们在这里出生、长大、离开,同他们饲养的牲畜、鸡鸭,草窠里的小虫,一起过完了酸甜苦辣咸的一生。小虫变成了泥土,鸡鸭留下几根细骨,而离开的人,将自己的气息扔在偌大一个空间里。

院落如古代的城墙,一正门,两侧门。此类建筑多建于明清时代,岭南常见,面目亦相似。正门口是一广场,曰禾坪。一个半圆形水塘,曰月池。农耕社会,打粮,储水,两大必备功能齐全了。

侧门旁停着几辆汽车,汽车下卧一只公鸡,很傲慢的样子,见有人来,不屑地瞅一眼,继续发呆。

斑驳的墙有四五米高,摸上去潮乎乎的,忍不住又摸一下。站在墙根下,眯起一只眼远望,发现已不是一条直线。挺立百年后,高墙似有些懈怠。被不远处的高楼大厦映衬着,墙壁显得低矮、委顿。人立于墙下,却依然渺小。高与低,大与小,始终相对而行。墙体上有葫芦形枪眼,外敌来袭,可居高临下射击。再上边有排水瓦。

经过雨水侵蚀,墙体上黑黑白白,像一个不断变幻的幕布,图形不一:一片云彩,一个舞蹈者甩出长袖,一只奔跑的牛,一只站起来的狗。心里想着什么,它就像什么。越看越像。墙上紧紧贴着几根枯死的植物细茎,形似巨型的蜈蚣。柳宗元写到岭南时曾有"惊风乱飐芙蓉水,密雨斜侵薜荔墙"之语,该植物即薜荔。

绕着这一个贴满了往事的大墙走一圈,大概需要十五分钟。

门楣上"大万世居"四个大字,像四只眼睛一样盯着来人。从正门进去,左右两侧的房间一个挨着一个,都已开辟为展览馆。内含大万世居的来历,客家人的漂泊史、繁衍史等。房间和房间之间,有一个门一个门地连着,亦即所有的房间都不会独立成篇。若有险情,两侧的门立即打开，进入另外的房间。隐私性较弱，但安全性大增。那脱离了围墙的房间，里面也像迷宫一样。从一个门进去，里边好几个门对着不同的方向。总共三四百个房间，折算下来，至少可供一二百个家庭一起居住。

透过木制窗户，可以闻到房子里边一股古旧的味道。窗户都很小，仅相当于现在的一块窗玻璃，方而深邃。合理推断，彼时窗户的采光功能并不是最重要的，在以纸糊窗的年代，开口若太大，会很冷。每一个分院落里都有天井，阳光泼下来，于小小的范围里蹿蹦跳跃，最后停稳。人在其中站一会儿，暖暖的，似可见故人站在对面。

道路不宽，多以鹅卵石铺地。慢悠悠浏览那一排排房子，有的依然干净整洁，有的已成断壁残垣，长满鬼针草和五色梅。一棵硕大的香蕉树傲立其间，浓绿宽大的叶子忽地伸到路边，扫到行人。一些墙面上贴着"危险，请勿靠近"的警示牌，落款为"华侨城东部物业公司"。有的墙上还喷了二维码，我想扫一下。妻子说，别扫，你知道那是干什么用的，万一是骗子呢？

由石头砌成的一道深深的排水沟，沿街直行。旧时的生活污水并不多，南方雨多，应是主要用于排放雨水，直抵门口的月池中。那碧绿的一汪水，从古至今，放鸭养鱼均宜，或许也可以当作救急的饮用水吧？

大院中，时有鸟鸣声响，浑厚得像老年人，偶尔急迫起来，依然有板有眼。一墙之隔，外面的鸟叫有所不同，叽叽喳喳，清脆单纯。

沧桑都被圈在了这一个巨大的院子中。

世居者，世代居住之意。"大万"二字，据称有几个来历。一个是形容巨大。《汉书·刘向传》中有"营起邑居,功费大万百余"之语,《汉书·匈奴传下》中则说"费岁以大万计"。大万世居仅墙体就需近五千立方米的泥沙灰石。所用石头重者达数十斤上百斤,均从几里外的大山陂铜锣潭运来。以"大万"概括这所宅院,也算贴切。另,《易经·乾卦·彖辞》载"大哉乾元,万物资始,乃统天","大万"有朝气蓬勃,生生不息之意。还有一个说法,则是建设时取大门对联"大和保合,万福攸同"头两字,一直沿用至今。亦有说法称,"大万"两字生发于前,嵌字对联跟随在后,先有鸡还是先有蛋已不可考。

很长时间内,广东的客家人都喜欢以家族为单位,建这样一个院落,容身更容心。根据个人财力与视野,院落有大有小。房屋的规模随着人口的增长不断扩大,直至恍然一巨室。

依传统分类,广东人有三大民系:潮汕、广府、客家。前二者定居此地也早,堪为土著。"客家"说法乃自谦,其实就是外来户,本为因战乱和饥荒被迫南迁逃难的中原人。五胡乱华、蒙古灭宋及至满人灭明等,都会引发蝴蝶效应。对于安土重迁的中国人来讲,这并非美好的历程。彼时的岭南还不是什么好地方,山高水远,荒蛮、瘴气、野兽,令人望而却步,罪犯多发配于此,苏东坡就曾被贬到今日深圳旁边的惠州。

"客人"们一批又一批来到,自然受到土著的非难和排挤,冲突不断,只能避居于水土贫瘠的山上。后来逐渐融入,也可以在平缓地带栖身,但娘胎里带来的戒备与防范还在。高墙大院,聚族而居,便是表现之一。

相关资料是这样介绍大万世居的整体结构的:

占地面积2.5万平方米,建筑面积约1.66万平方米。从平面布局来看，大万世居近似矩形，也有人称之为"宝斗"（旧时一种方形赌具），以中轴线为对称轴，形成多层复合结构。通面宽124米，通进深133米，三堂六横四角楼布局。围屋内有祠堂1座、望楼1座、门楼3座、角楼8座，另有一定数量的外围屋、排屋和堂横屋。四角建有炮楼，正面有大门楼。外围有高墙相连，高墙由泥沙、石灰和石块夯筑而成。围墙上有走马廊相通。围屋前后各有一条天街。

"端义公祠"是大万世居的核心区，曾氏家族先祖灵位设于此供后人祭拜。祠堂格局为三进二天井四厢廊，三进又分上中下厅，每排房屋十一间。中厅是当年曾氏族长和元老们开会议事的地方，现在还保留有清代中期风格的柱础。

时光流转，烟消云散，依然留存在地面上的事物，皆是故事的证据，建筑尤为大宗。没有它们立此存照，故事再悲壮，也显得虚空。大万世居是深圳最大最具代表性的客家围屋。有这两个"最"字，故事即使不是惊天动地，也颇堪反复玩味。

一个背景：海盗猖獗的元明时，便有海禁政策，明太祖甚至有"寸板不许下海"之令。清朝初年，为了禁绝郑成功部队的粮饷和物资供给，更加彻底地切断海内外经济联系，朝廷下令将福建、广东、浙江、江苏、山东、河北等省沿海及各岛屿的居民内迁30~50里，在沿海一带形成一个无人区。曾有记载：福建某县在迁界的过程之中，两万多人当场被屠杀。政策执行之惨烈可想而知。康熙二十二年（1683年），台湾收复，海禁政策取消，又令百姓回到自己当初居住的地方。难民们老的老死的死,不可能全部回来,就号召内地居民迁往沿海,开垦田地。此一时,百姓苦;彼一时,百姓苦。大万世居的先人,就是这外来迁入人流中的一支。

康熙四十二年(1703年),曾简辉、曾简良两兄弟从当时的长乐县(今梅州五华县)迁徙到坪山龙背村开基立村。可以想象,所谓立村,不过是两个人临时搭起的一个简陋住所。在岭南的酷热中,阴冷中,台风中,艰难度日。兄弟二人最初在赤坳以烧炭为生,周围的山上,密林深处,虎狼出没,毒蛇穿行。人少兽多,兽不惧人,乃至主动出击。兄弟二人携棍棒在身,亦防不胜防。终有一天,弟弟曾简良为饿虎所噬,待到发现时,仅剩一腿,身后也没留下一儿半女。曾简辉抚腿痛哭,慨叹苍天无眼。

但一路从北闯到南的人,骨子里还是有一股原始的生命力。曾简辉披星戴月,日夜出力,从零开始,购田、开商铺,终于一步步成为富户,此后又多次往返故乡,将五副先人的遗骸移来坪山,择吉地安葬。取骨骸,莫如说是汲取生命的力量。有它们在身边,其牵连的观念与传统便如源泉汩汩,天不旱,便不断。

《坪山风物志》中说,曾简辉生三子:长子元庆、次子元文、三子元恭。元庆、元文留在龙背村,元恭迁至坪山三洋湖村。元恭生四子:长子仁周,迁至坪山石灰陂下屋;次子传周(字端义,号静轩),迁至现大万世居;三子佩周,迁至坪山石灰陂上屋;四子信周,留居三洋湖村。

大万世居的创始人,乃曾简辉的孙子曾传周。根据《大万曾氏重修族谱》的记载,一世祖曾传周年轻时家境贫寒。祖父虽已在本地立足,但仍无法保证后世子孙全都坐享其成,此亦非开基者初衷。每个人都要找寻自己新的着力点。

曾传周也是和祖父一样的传奇人物,能擘画建成这么大一座院落,怎么可能是平庸之辈。

传周年轻时靠牧放鸭鹅和给人推独轮车运石灰维持生活。从事最基础的体力劳动,且有了一定的积蓄,可见脑子还是比较活络的。可惜因好赌又散尽家财,逐渐衰落。中国人对一所属于自己的房子,似乎有着穿越千年的执念。所谓安居乐业,安居排在乐业前面。别人的房屋一个个建起来了,自己还住在小棚子里,不免被村民邻居歧视。一个有自尊的人,会正视歧视而非仇视。终一天,因为向亲人借钱被拒,曾传周深感羞辱,决定痛改前非,彻底戒赌。他回到家中举起镰刀,对准自己右手的拇指一刀下去。此所谓切肤之痛。"男人要对自己狠一点"的说法不知是否源自此处。有人发狠是向恶,有人发狠是向善,方向之偏差,决定了每个人的结局。那个时代,一个无权无势的农民,定无一夜暴富的可能,稳扎稳打,兢兢业业也能换来广田大屋,全拜社会安宁,天高皇帝远,少有敲诈勒索之赐。客家人注重农桑和读书,轻视经商,但改变生活状况,更多情况下还是要靠经商。曾传周在坪山、龙岗、淡水等地开办了油糖厂和许多店铺。日积月累,家业有了一定基础之后,开始兴建围屋,名为"大万世居"。

大万世居于乾隆中期奠基,历经数十载,乾隆五十六年(1791年)终于建成。曾传周携自己的三个夫人和七个子女入住。此后几十年、几代人又陆续拓展维修,依然不改初貌,且能使其丰满,证明一开始就有

这个恢宏的建筑,最初不过是一个人的执念。

个整体规划。鼻祖胸有成竹，为后面留余地。仅举一例。祠堂和中楼等建筑的屋脊全用瓦片垂直堆砌而成。据称这是为了让后人在家业败落时，尚有瓦片可用于修补漏瓦之屋。而继任者都按部就班，一代接着一代干。其间若有一两个行动跳脱，我行我素，那就很麻烦。根基的稳重消弭了突发的轻狂。偶然之中有着必然。

民间有两句话：其一，"三岁看老"，是对犯错的年轻人彻底放弃了；其二，"浪子回头金不换"，是对犯错的年轻人还抱希望。二者或为真理的两极，一些时段可以相互转换，但从某种意义上讲，后者更具现实指引性。当下的例子，我的一个表弟，当年也曾打架赌博，没少让亲人担心操心。后来一个巨大打击令其幡然醒悟，从此踏实工作，成为一个家族的顶梁柱。曾传周家业的由衰到盛，不是故事的高潮和终结，而是开始。大万世居修成以后，故事还在延续。虽无正史实录，却有大大小小的碑刻、匾额与楹联存留，这些实实在在的文字记载，言简意赅，携带的故事和价值观至今仍可供后人反刍。仅简单举几例：

"赞政宏才"木制牌匾，阴刻，挂于端义公祠中厅左侧墙壁上。上款残缺，下款为"乾隆五十六年选职员曾端义立"。据族谱记载，曾传周敦厚诚实、仗义疏财。乾隆末年，惠州水患，其携长子曾光斗（曾汉津）积极捐纳赈灾，被朝廷分别诰授儒林郎捐职员和捐监生。有了功名，身份上便高人一等，在彼时彼地确实值得大书特书。

"急公好义"木质赠匾，阳刻，挂于端义公祠中厅右侧墙壁上。据旧谱及口碑资料，曾汉津同其父一样乐善好施，当地太守曾以"急公好义""惠济桑梓"二匾相赠。可见传周二代已是有头有脸的乡绅，与官府打交道已成日常。

"州司马"木制牌匾,阴刻,挂于端义公祠中厅左侧堂梁上。上款已缺失,下款为"嘉庆八年候选直隶八州曾鸣岐立"。曾鸣岐是曾汉津之长子。曾传周的长子长孙,时为州同知,五品官。朝为田舍郎,暮登天子堂,入朝为官,是历代农家子弟光宗耀祖之事。三代人,呈上升趋势,一步一个台阶,让偌大一个院落根基越来越扎实。

"其旋元吉"石匾,最早位于牌楼正中,外向一面以欧体阳刻"勿替引之"四字,内向一面以欧体阳刻"其旋元吉"四字,篆刻年代不详。"勿替引之"出自《诗经·小雅·楚茨》,意为,希望子孙后代,不要废弃祭礼的法度,要把它承传下去。"其旋元吉"出自《易经·履卦》,意为:察看自己的行为,如果符合礼仪,就实践下去,一生大吉。此匾足有百斤重。民国十五年(1926年),一个来访的江西风水先生说,牌楼挡风水,需要拆除。石匾遂下落不明。上世纪六七十年代,石匾突然出现在围屋左前方几十米外的一条水沟上,被人当桥使用。村民熟视无睹。1984年,大万世居被列为文物保护单位,石匾被抬回,置于正大门旁边。一块石匾以自身经历写尽人间冷暖。

院落中,此类匾额还有一些,它们像礁石一样,被时间冲刷得越来越光滑,越来越明亮。

客家文化中的聚族而居,表面上是用住宅把大家收拢在一起,内里其实是用文化保护固有的自己,抵御外辱。从当下的北方视角打量客家人,无论服饰、饮食,还是山歌、舞蹈等生活方式,都已遥远而陌生,实际上，正是他们相对完整地封存了多年前的中原文化。起初大家都是客，后来由客而主，已把异乡当故乡，内心里仍有本能的抗拒，尤其体现在以围屋为代表的建筑上，即便已繁衍多代，围墙上仍有一双双警惕的眼睛。

沧桑院落二百多年，对于当下的人已很遥远，但对于时间来说，还是刚刚踩在起跑线上，发令枪尚未响起。有的房子倒下了，有的房子仍站着。倒下的也许用不着修修补补，让它像残骸一样留在那里，日后的风雨会继续雕琢之。

走在大万世居，仿佛走在一个时光机里。墙壁上有"领导我们事业的核心力量是中国共产党，保证我们革命胜利的根本是毛泽东思想"标语，已历经几十年。祠堂门口，一个"端义公像"，全身雕塑，古铜色，抬手放于胸前，似有所指。虽斑驳，亦应该是改革开放之后的产物。此类家族崇拜，在十年浩劫中很难存活下来。

往里走，居然有一个小小的书店，可以坐着喝茶，也可以免费翻翻书，上面的标牌是"坪山城市书房"。墙上一排宋体小字：

物与诗互见光彩时，诗的灵魂会找到自己大自然中的居所，而物，因为有人灵魂的附着，从而得以从瞬息的生死幻灭中通灵恒久起来。

两个女孩儿站在柜台后面轻声聊天。墙边一排已经枯干的细竹，似乎只是死着玩儿，叶片不掉，枝干风吹不动。

还有一个文创中心，里面出售以坪山为内容的纪念品，其中一种是大万世居门楼形状的钥匙扣。掂起来看看，很精致。看店的小女孩与我们聊天，问我们是不是第一次到坪山？附近可玩的地方还有一个文武帝宫。如果吃饭，不远处有一纯客家饭店，名为将军烧鹅。

倏忽，从稍显沉闷的古朴中走到浓烈的烟火气里来了。这些依然活跃的事物，使时光连接起来，接续不断，尽管人为介入的痕迹较重，但这个院落不就是前人在大地上凭空建起来的吗？人为复人为，且看谁更能为、会为。围墙上刻下了每一个时代的密码，至今停不下来。这一代以及上一代的亲历，并不久远，但对于下一代又成陌生景象，它们该有自己的连接方式。

那些逝者，也没完全成为化石，他们还有骨血乃至活力，在烟火气中，影响着子孙们的生活。

围着大万世居转一圈，有人在扫地，沙沙的声音不急不躁。附近有一片小树林，番石榴、朱缨花、箣杜鹃、棕榈树、小叶榕、云杉，彼此搀扶着。穿着亲子装的一家三口，正在围墙下的石板路上散步，安静祥和。更远处，是一个蓬勃的人声喧嚣的大万村。那里有超市，有坐在门口喝茶的本地老人，推着三轮车收废品的外来人。一个年轻妇女在后面走，前面跑着一条狗，狗嘴里叼着一个快递盒。

他们的生活范围扩大了，延展了，再也不需要围墙和角楼的防御。他们随时可以向外走去，走到看不见尽头的远方。院落在其身后，默不作声。一阵雨淋下来，打湿了砖墙，又记下了这些人的几件事。

叽叽喳喳。清脆的鸟鸣在白蝴蝶飞舞的身影中，再度响起来。天空宁静，瓦蓝瓦蓝。

大水即将淹没骨架

这个地方真难找。导航上并无"青排世居",只能导航至青排村。停好车一边走一边问,路边的人都大摆其手。终于有个戴帽子的清洁工提醒,到马路对面小楼房打听,那里住着村主任的母亲。走近,一位慈祥的老人正在整理园中青菜,听清来意,见怪不怪地抬手说,前行二三百米有条小胡同,不要拐,直走,即到。其实并没明白什么意思,在众多岔路中选了一条,懵懵懂懂向里面撞,竟然到了。

一座客家围屋,是深圳市坪山区常见的古建筑。过午时分,人迹少,无风,路边植物静默。整片地盘上挤满了房子,没有一扇门打开。若无人指点,在迷宫中找这么一个古迹并不容易,尽管它还算庞大。

围墙灰黑斑驳,长百余米,不甚高。门口一个洞,类狗洞。洞内一只猫,露出一个头。洞外一只猫,半卧。谁也不看谁,谁也不出声。闭着嘴巴,眯着眼。

门口右前方开辟了一块菜地,种有水萝卜、小白菜、香葱等,低矮的篱笆上长了一圈牵牛花,鼓吹出一股淡淡的大粪味儿。

进去，是一圈房子。视觉上的直觉：同一个屋顶下，开了无数个门，有的上锁，有的敞开，都空着。部分墙面白而新，貌似刚刷时间不长。一条狗站在院子里不断向我们狂叫，宣示自己的地盘。心慌，赶紧从地上捡起一根棍子。对峙约一分钟，该畜夹着尾巴跑了，边逃边不甘心地回头望。

细看，房子一个挨一个，还是错落有致的。中部有一块空地，上面搭了棚，下面是一连环灶台，判断：黄氏后人在此搞集体活动的时候，可以临时用来做饭。

一圈房子外围，是一个一个的"小庙"，约一人高，有的更矮。庙门前都放着坛子，内插香烛，烛头上还有凝固的烛油。人口繁衍日多，各拜各祖。这其中，或许也有不明沿袭，见庙就拜的。拜来拜去，一回生两回熟，竟明确了彼此的关系。在天之灵们，保佑了自家后人之外，也顺手把他保佑了。

有关此围屋的文字资料并不多，约略概括如下：

青排世居建于清代中晚期（嘉庆末年至道光初年）。主人为当地黄氏家族六世祖黄奇义兄弟。围屋朝向南偏东15度，面宽120米，进深68.9米，占地面积为8268平方米，由三堂四横六角楼组成。该围屋平面上二围环套,成"回"字形二重院落,内外围各设四座角楼。外围后部原有望楼,现已无痕迹。前厅内屏风门上有"礼耕义种"木匾,倒座前有天街,后为黄氏宗祠,为当地特有的"三三堂"平面结构,即三堂二横三联排两天井布局。围屋内尚存多处清代中晚期建筑构件柱础。条石基、夯土墙、土木结构、堆瓦顶等,整体保存较好。

资料还说,"围屋承载了黄氏家族日常生活、经济文化变迁的历史,装饰艺术独具匠心,民俗特色突出,建筑结构极为独特,有非常高的历史和科学研究价值。"但此时的老屋如"P图"一样生硬地挤在一排排新盖的房子里面,不似一个古董,更像卧在生活深处的老人。它不自动消失,人们就得容忍其存在。曾经住在这里的人,应该还未走远。他们的身影重叠着很多人的身影。任何人踏进来都难始终抱持旁观者的打量心态。一块砖,一片瓦,一抔土,极像当年自家的老院落。看啊,无数人的童年如灯泡一般,一个接一个亮起来。

青排世居有一点小独特。说独特,世间罕见一模一样的建筑,都有独特性。整片区域里此类建筑大大小小有三四十个,均为黄氏后人所建。这一个,无论体量还是影响力,都并不多么突出。况且,除了研究者和长居此地的人,也无人特意关注这点小独特。不会说话的青排世居,却愿意举起它,令其绚烂自己,让自己成为一个可以在半夜里还闪闪发亮的事物。

客家人的围屋均有一些心照不宣的规则,比如,都要背靠山岭,正面对水;都要有一个广亮大门,大门两边有侧门,对称最佳;大门正面有广场，统称禾坪。对照青排世居，后面有一山包，名青排岭。前面挖了一个水塘（统称月池），两只鸭子正踩着水追逐，翅膀张开，在水面上掠过一片划痕。不同之处是，整个围屋并无大门，两侧各有一个小门。月池亦未离开围墙，而是差不多直接贴到了墙上，仿佛故意做了两个门的屏障，使之不能连通。除此，还有另一点不同，围屋内有一祠堂，红色宽大的门框，中间一个画像，清朝官员打扮，上书"六世祖质堂公"，正上方有"江夏堂"三字。从祠堂出来，前行不远，发现另一个祠堂，与刚才所见一模一样，若复制品。恍惚间以为自己产生幻觉，走了回头路。或者，刚才记忆出现了偏差。返回去再看一遍，确定是两个。有闲者可以做个试验，先后进入几个一模一样的建筑，出来进去，进去出来，内心深处或风起云涌。其中道理，绝不似"找不同"游戏一般轻松。

祭拜祖先，祠堂一个就好，没必要两个。这个不同于别处的地方，乃一通关密语，揭开，里面装着一个故事。

故事的讲述者是一个老人。世居侧门处有一间房，厨具置于室外。深圳一年四季不冷，如此，也是一种洒脱生活。那位瘦且头发蓬乱的老人说，此处乃其祖屋，自己不想离开。

外面的高楼大厦和宽阔的马路正疯狂跑来，但和迅疾的生命相比，仍显慢悠悠。老人似乎能在它们到来之前，与此屋共老。

老人说，当年的祖先娶了两个老婆，各自都有亲生儿女，谁也不服谁，为平衡计，便没有设计大门，而是开了两个一模一样的小门，各走各路。祠堂亦如此。都建，都拜（最初是谁的主意已不可考）。后查资料，多与此说法类似。看来已经成为共识。

问老人,能否请您讲一讲若干细节,比如,那时到底发生了什么,两个妻子都叫什么名字,什么出身?答,都不清楚了,是口口相传至今的。

具体事件缺失,只剩一个脉络,倒可以为整个架构增加许多想象。骨头上的肉,任由如我这样闲游至此的人添加。两个辨不清面目的女性。大妻或许不是很强势,只能维护自己的基本权利。或许相反,正是由于大妻攻击性太强,造成了二妻的反作用。二妻亦非任人拿捏,不太讲究什么长幼尊卑,有自己的风格。锅碗瓢盆,炕头灶台之间,上演过多幕背后的算计,当面的较量。缩小版的宫斗,不见得比《甄嬛传》中的情节更少。彼时一定附带很多更重要的事情,农业生产、台风、饥荒、盗匪、压榨……随便一个都令时人睡不平稳,食不安心。而这一切,全没被记录。浮在水面上的将相王侯多少留下点痕迹,绝大多数普通人,如这座房子的主人,身去如灯灭,什么也没留下。周围一片漆黑。

有一点似乎可以确认:那时虽有博弈,处理得应还妥帖,没有流血,后人亦没有反目成仇,互不来往。

问老人,传到现在的你们,还知道谁是大妻后代,谁是二妻后代吗?老人摇摇头,不知道。

住在附近的那些人和这位老人,他们虽然与祖上有着一脉相承的血缘关系,但已无朝夕相处、耳鬓厮磨所能带来的亲情。聊起来,像是说别人的故事,很超脱的样子。(我们将来也会这样被后人提到。)

另一种不太流行的说法是,围屋由兄弟俩合建,关系不睦,于是各自开门。既然不和睦,分开就是了,但房子还是连在一起,且齐整有序。此非一天两天的事,若无商量和妥协,难以想象成为今日模样。所以即

其实我们离得很近。其实我们只是假装互相没看见。

使有嫌隙，也没有针锋相对，你一言我一语，将矛盾激化成公共事件。想来是挺好玩的一件事，彼此心照不宣，谁也不说原因。或者也说不出口，或者就是好面子。维持自尊的方式不是大喊大叫，而是打死也不说。沉默本身便高贵。相继身殁后，他们怎么想的，无法得知。人们再也回不到原来的情境中，一切成了无解之谜。后人给出的每一个答案，都可能离题万里。

奇怪的是，祠堂里的现存画像肯定不是一二百年前的旧物了。后人按以前的模式画了新图，心安理得地挂在那里。即使消泯了彼时的恩怨情仇，也并没想到合二为一，而是将其沿袭下来，保留了裂痕。人类的这种惯性或曰惰性，让很多证据得以彰显。勤奋有时候倒是"毁人不倦"。

饭前还在想一件事，饭后忽然觉得那件事不重要了。是消化系统影响了你，还是时间？

我觉得是时间。时间如大水一样漫延过来，先淹没平坦的事物，比如日常的吃喝拉撒，那些小把戏，小生意，小心思。然后是残缺纪年上的一些事，做过什么官，是否有功名，是否富户，是否杀人放火。再往后，就是根本性的骨架，大妻二妻之争或者兄弟不睦。但不会到此为止。时间之残酷，缓慢却坚定，毫不通融。其间，一些原来不被看重的或会凸显出来。那时的重点，今天成了零碎儿，那时的零碎儿，今天或许成了重点，所谓此起彼伏。但总体的趋势是整个场景越来越淡，越来越淡，直至完全归于沉寂。只要给予足够长的时间，连颇具传播效果的妻妾之争、兄弟之争，也都无法辨认。后人再来，对着这一堆断壁残垣，最多空发一声"逝者如斯夫"之叹。

刚才跑掉的那条狗,忽然又冒出来,后边还跟了四五条狗,一起冲我狂叫。助阵者比原来的狗底气更足。此时的它和它们,喧声冲天,钉子一样在围墙内书写着两个字:现在。

青排世居后面的青排岭,已经被切割得像狗啃过。夕阳西下,岭上一棵孤零零的树,绿头金发,等待着不久之后被挪走。可以预见,整洁的社区,密密麻麻的车辆,熙熙攘攘的商业,早晚会陆续抵达。

无需"今夕往昔"之类的感慨。匆匆的脚步下踩着轻快的鼓点,走过的一个个人,都快乐着呢,谁会在意你忽然涌起的忧伤。

巷中灵

小巷的地面上走着人，有些人在这里出生、长大、死去，却从未离开。只要小巷还在，他们就一直在。他们的子女已人到中年，有的垂垂老矣，在屋子里挂着他们的黑白照片，前面摆着香火。逢年过节，子女向照片鞠躬，轻声告诉他们这一年来的生活。他们的照片一动不动。街面潮乎乎的时候，天地就连接在一起了。行走其间，我能感到许多眼睛在眨啊眨。

其实巷子并不老。深圳从上世纪八十年代开始造城，有资本轰鸣下的高楼大厦，有农民、渔民、蚝民自己盖成的密密麻麻的握手楼，满打满算，所有房子都不过几十年历史。只是，前者更光鲜，后者则粗粝，被称为城中村。一友曰："十年间我仅去过三次深圳，时间加起来也不足半个月，在我的印象里，深圳是没有街巷的，只有街道。街巷，带个'巷'字，我们就会想到旧城，显得窄小又有烟火气的那种，而深圳是新城，说句不合逻辑的话，再过五百年深圳也是新城，新城绝不会有烟火气。"抱持这种想法的人，不止他一个。走马观花，在前者的玻璃墙下来来往往，浩浩乎其表，不得见其里。

后者的烟火气，就躲在幕墙后面，层层叠叠，兜兜转转，虽经多次拆迁改造，仍占据着这个城市相当比例的地盘。

那些自远方汹涌而来，落地生根的写字楼和商业小区、别墅，跟其他城市的同类建筑有着相同的味道，无需下意识抵触，它们确是很多人向往的一种生活场景。但它可以和另外的方式并存，并非二元对立，非此即彼。阴影下的小巷，敦实、茂盛，像灌木一样，介于农地和大厦之间，与曾经的茅草屋有着顺畅的逻辑关系。由此至彼，由彼到此，绝无障碍。亡者有地可安放，还能半夜找回自己的家。

在其他城市，小巷多是被甩下的光阴。晒着太阳下棋的老人，摇着尾巴的老狗，卖旧时饮食的摊位，身体上锈迹斑斑，表情麻木。所有事物随着吱嘎作响的牛车远行，不再与宿命作对。而从熙熙攘攘的街面不小心踏进深圳的小巷，却像是跳过水帘洞，突然掉入一片新天地。迎面而来的活力溅你一身。你对萧瑟理解得越深，对这里的小巷就越感震撼。

这是一个个自成体系的地盘。站在此端，一眼望过去，手机店、理发店、房屋中介、麻将馆、面包店、彩票店、糖水店、丰顺汤粉店、湘赣木桶饭、东北饺子馆以及银行、超市、影院、各类培训班，标配中的要素绝不会少。或长或短的一条小巷，满足了人们对基本生活的全部要求。如果很懒，于此安安稳稳度过一生亦无不可。招牌下面人流暗涌，脚步匆匆。站在大叶榕、小叶榕、凤凰树的下面，和电单车司机对视一下，他们就不断向你鸣笛，菜市场门口坐着不断打瞌睡的治安员。这些来自四面八方的人，仿佛一颗颗豆子，面目相似，却又个性鲜明，白天圆滚滚地溜来溜去，晚上就在自己的蜗居里暂时扎根。他们都绷紧了自己，令小巷始终鼓噪着，丰满着。你绝对不愿意相信，这些生动之人有一天也会死去，成为飘在空中的另一个"他"。

街巷的活力，从傍晚开始，越显充沛。夜色笼罩时，砂锅粥、烧烤店和花甲粉店里不断有人进进出出，脚步踩得柏油路低声喊疼。呼吸声近在咫尺，人气蒸腾。灯光明亮，眼都不眨。整条街道并不喧闹，有点像降低了声调的农村大集。谁要是大喊大叫一声，反而给流淌的河流摁下暂停键，撕裂了这种凝固的小繁荣。每个人心里都有谱，都不轻易犯规。

锅碗瓢盆塑造的背景下，掺杂着短发女孩儿弹拨着吉他的歌声，制服男站在路边对着电话一个接一个地谈判，以及刚刚失去了亲人的某人的低泣。烟火气悄悄弥漫，如雾，久久散不开。饮食遮掩的故事，以及故事背后的悲欢离合，令街巷酸甜苦辣咸五味俱全，令城市肢体舒展，血脉偾张。岭南气候湿热，无论冬夏春秋，除台风日，晚上的街巷停不下来，故事也停不下来。

至深夜，人渐少。寂寞开始生发。

某一天，我在细雨中，骑着自行车，从西乡步行街出发，沿河西路前行，经创业一路、新湖路，到新安五路，发现又回到了出发点。看似横平竖直的路，绕来绕去竟能绕回来。我是奔着陌生去的，终于还是被陌生挟持。一条貌似封闭的路，随便一拐，便进入了径贝村。内里别有风味，嵌着一口面积不大却还称得上晶莹的湖水。顺着岸边骑下去，看到几座古香古色的房子，上面大写四个字：温氏祠堂。旁边是一个个小摊位，正在出售各种来路不明的食品。我经常怀疑有谁去买小巷中那些可疑的东西。但人家经营多年也没倒闭，说明一定是有生意做的。其实我也经常去住处附近小巷中的店铺买菜甚至买熟食，那些猪肚鸡煲店卖的假冒啤酒我也喝过，那些明显添加了地沟油的炒菜我也吃过。陌生产生距离，熟悉放弃警惕，此亦为人之常情吧。偶尔抬头，见一个年轻的女摊贩正在向一个妇女怀中的孩子赠送烤肠，嘴里说着："不要客气啦，给孩子尝尝鲜啦。"受赠者连连推辞。我和她们擦肩而过。不知道那人最后是否接受了馈赠，但小巷里的人情冷暖却溅了我一身。

  这是极少的一次详尽的记忆。无波澜，却抱持了旁观的角度。其他时候，我在小巷中每每失去自己，深陷其中。走在他们中间，不知不觉成为故事里的角色，歌哭是他，发呆也是他。

  只有成为灵的人们干干净净，葆有持续的、淡淡的温情。现实的街巷里，曾经的斗殴、欺诈、无聊，尚存影影绰绰的痕迹。高楼大厦里的冷漠也会延伸过来，砸出一片阴影。谁能躲得开呢，大家都要承受。但街巷并非高楼大厦的落差，它是被动的湿地，稀泥上冒着水泡，水泡里游动着生灵。不用细打量，便知那里会萌生更多的可能，避免城市成为水泥砌成的澡堂子。这是完整生态的一部分。若想推翻它，它也不反抗，软塌塌地走掉，带着它的灵，它的过往……

身份

一度。我说"一度",最繁华处宜建庙。庙中所供,各地不一。有人拜神,有人拜己。深圳坪山老街上这座老建筑,供的是文武帝。文帝者,孔子也。武帝者,关公也。在本地土著客家人的传统信仰中,二人代表了某些方面的最高标准。如今大量外地人涌入,信仰渐渐被稀释。但建筑还在,每天夜深人静时,若侧耳,还能听到它喃喃自语,讲述自己不断转换面孔和身份的经历。

坪山曾为一镇,属惠阳(曾名归善县),后划入宝安县(深圳的前身),有墟市(集市),颇繁华。上世纪四十年代,经占卜,附近耆宿大儒商议,择得风水佳处,建设此庙,《文武帝庙落成勒石序》开头就说:"市尘者,名利之区也,人烟辐辏车马喧阗,宜建庙宇以镇之,俾风俗人心肃然,知所敬畏焉,而灵爽式凭尤以文武二帝为赫奕。"意思很明确,生意越好,经济越繁荣,越要自我约束,而自我约束的方式就是向思想高峰看齐,将孔、关二圣请进庙来,接受我们的膜拜。

刚刚落成的文武帝宫,为三开间三进布局,占地254平方米。坐西朝东,前殿门额镌刻"文武帝宫"四个大字（称庙为宫，肃然起敬）。周边雕刻花草，檐下枋、檐板、三架梁底部、正脊枋下部、驼峰、梁头均雕有花鸟等图案。后殿下层原立武圣人关公塑像，关平、周仓塑像侧立两旁；上层设文圣人孔子神龛及塑像。居民心中有坎儿，处境艰难时，悄悄来，对像诉说，将其当作倾听者，出门便卸下包袱，亦不枉费力费时费金造筑此庙。

文武帝宫建后不久，发生过一件大事。当时瘟疫流行，身边亲人一个个死去，居民终日惶惶。有人提出可请关帝收拾瘟疫。关公本一武夫，俗人一旦成神，能力便不再局限于当初，不仅可护家护土，替弱者出头，还可治疗万千疑难杂症。村民们搭建祭坛，用大轿将关帝塑像从庙中请出，穿街过巷，绕场一周，锣鼓喧天鞭炮齐鸣红旗招展人山人海，此所谓震慑。为配合巡游，人们将村前街后打扫得干干净净，清除枯草败叶、污泥浊水，烧掉死者留下的破衣烂衫，用清水冲洗破壁残垣，撒上石灰。巡游过后，又遇一场透雨，空气清新，体感凉爽。人们忽然发现，瘟疫真的停止了。人人传颂，关帝真灵验！上香祭拜者由此更多。

打扫卫生，消毒灭菌，似是祛除瘟疫的根本，而将自己的努力归于神助，更是一种大格局。因为敬畏神灵，才会检视自己的具体生活，使之处处规范，此岂非神助？敬畏（信仰）神灵，而不是敬佩自己，以致盲信自己可以推山倒海，此岂非内省？本身的能量自然要挖掘，但不能全凭一己内心（所谓随心所欲），仍要靠外力控制自己。一张一弛，一进一出，明此道理者却不多。

然而，房屋建好，便不再属于建造者。就像一个人的出生和长大，父母虽有监护之功，却无包揽之力。此后的文武帝宫，其用途与建造者初衷相去甚远。时代的潮水波涛滚滚，它只是颠簸的轻舟一叶，刀子一般抠出一个个印记。刻舟求剑者，于此或有所获。

1949年初，局势动荡，政权名义上仍属民国。坪山重地，并无中学，从坪山中心小学毕业的孩子们面临失学的困境。本地名宿沈国良、曾龙源、曾繁寿、曾霭文等商议建校事宜。数日盘桓之后，达成共识，共建一私立学校，名为力行中学。需说明，彼时的中学与今日之中学，概念殊异，地位也要崇高得多。读书都是奢侈事，何况小学之上的中学。当年9月1日，力行中学开课，陈文光（香港）任名誉校长，黎明熙（广州）任首任校长，教员5人，收初一新生74人，开设当时中学的常规课程，校址：坪山墟镇的文武帝宫。是的，庙宇成了教室。想想也对，琅琅读书声，符合文圣人教化，又在圣人眼皮底下，令其见证自己的浓荫加硕果。神灵有知，当感欣慰。旧时庙堂，本为公用设施，用来办公益事业，由庙而学，不拧巴，不纠结，且水到渠成，合情合理。这所学校后来改名为坪山中学，至今如是。

一年以后，学校迁址，文武帝宫又成坪山乡政府办公的地方。由学而政，倒是暗合了学而优则仕的老话，但二者并无逻辑关系，只是赶巧。反正也不让拜神了，这么辉煌一个建筑，空着也是浪费，先拿来用着。

再后来，文武帝宫变身为粮站，成为坪山老百姓买油、米、糖的场所。今天的室内，还能看到一个留下来的旧木牌，灰白底，三行黑字：

宝安县

坪山粮食管理所

粮油供应站

一座庙，转而供应最基本的吃喝，仍然说得过去。神灵是信仰，缺衣少吃的年代，温饱也是一信仰。只是图腾成了多余，"文化大革命"期间，关公塑像被疯狂的人们拉出来再次游街，不复当年的风光，莫说替人祛除瘟疫，连自身都保不住了。塑像被抬着转了一圈，然后砸碎扔进河中。塑像虽是泥巴身，但多年来受人气熏染，也有了些许的灵气。悉之毁损，天地为之黯淡，万物为之静默，全都无话可说。文武帝宫自此荒废。

至上世纪八十年代，社会复苏，经济渐渐好转，但面目全非的庙宇再无回头路。此处建筑被租给个体户，卖些农具、瓦缸之类。虽然挂了文物的牌子，也基本上无人管无人问。所谓风雨飘摇是也。

如此被毁掉的建筑，何止一个两个。夷为平地，销声匿迹的都不在少数，还能保留一点痕迹，已是幸运。或许当年的文武帝宫给当地居民留下了太多的记忆和感念，人们开始越来越多地想到它，提到它，改造它。

今日的文武帝宫淹没在坪山区东胜街的建筑中，不再显眼。从外面看，一排老屋，或属昔日附属建筑。二楼多已坍塌，颇具影视中被轰炸后的惨状。周边已经遮上围挡，似准备修整，过些时日不知改头换面成什么样子。一楼正门旁边是个"e帅"服装店，一股浓浓的山寨味。用手机拍照，只显示了一个"帅"字。

今日临街的正门，或是当年后门、侧门，并无显眼标志，只是挂着一个牌子标明以前身份。后门门楣上倒有"文武帝宫"四个字，依稀可见当年之豪壮。由正门入，三开间，一楼是一排排的书架，这里已经成为坪山城市书房的一部分，还有一个客家图书特藏馆。卖书、借书两相宜。二楼已空，楼板也已残破，踩上去颤颤巍巍，仿佛随时踏空。

屋子里有一股淡淡的气味，辨不清来源。从当年的信仰到后来的学、政、食、商，再到今日的"读"，这么一个不起眼的建筑，从不辩解和选择，任人打扮，无意间却引领了时代中一个个风潮。它像一辆永不停歇的车子，只要不倒下，就滚滚向前，碾压，并留下一个个车辙。

至今仍在行进中。

小区旧事

我怎么把"湖滨花园"记成"湖滨新村"了呢,而且一记就是十年。偶尔从那儿经过,心中默想,湖滨新村可真老。深圳这个地方,凡叫新村的,现在几乎都成了坚硬的化石,就像二十世纪八十年代一哄而起的"莎莎""倩倩"们,转眼均为中年妇女,而今天的"梓潼""一诺"和"欣怡"们,亦正脚步坚定地向长大和苍老迈进。新还是旧,谁能说得清。我在心里碎碎念时,蹲在本城斜对角另一个行政区的真正的"湖滨新村"一定耳朵发热。

终于有一日,天眼打开,我正视了湖滨花园。和十年前没什么区别。野生的假臭草一层层拥挤在墙根下,举着紫色的柱状花朵,敲锣打鼓一般。声音细微,我却听得到。墙根也没什么事,竖着耳朵,一动不动,是个比我更认真的倾听者。

小区坐落于宝安区和南山区的交界处,门牌号码为贯穿宝安的主干道——前进路1号。当年周围稻田连天,稻穗滚滚之时,它轰然站起来,再不肯蹲下,在远近明灭的灯光中顾盼自雄。等周围的事物醒过味儿,它已坚不可摧。周围的荒地、垃圾山、滩涂只好向它学习，模仿它，超越它，多年以后，它习惯了世界发展快如翻书，一天一页。在这个城市里，每天都有各种各样的"新"。它眼睁睁看着那些比自己还新的事物被另一种"新"超越，终由心焦变得静如止水。

小区楼房的立面是深红磨砂或者灰白磨砂，颇显老旧。一个老旧加一个老旧，整体是一副老态龙钟的样子。当年曾想过在这里买房，询问过后，发现房价并不低，或曰很高，超过了一些新房。老大的谱儿还摆着呢，遂放弃。那次看房如同发生过一次恋爱，再见，总有点心跳加速，欲言又止。

进门的地方，一个"鸟巢书屋"，未见人。一排丰巢，一个穿蓝色马甲的快递小哥正往打开的箱子里扔东西，唰的一件，唰的一件，胳膊特意在空中划一下，带点酷劲儿。底楼打开若干门洞，开了一些店铺。名为"家乐电器维修"的店面门口，站着一个辨不清年龄的男人，一个四五岁的小孩子在他前面蹦蹦跳跳。几十年前，似乎还没有小区的概念，所有的道路都在楼房间穿梭，所有的窗户都对着道路，早晨的脚步声隔着玻璃窗传进屋子。店面也对着街道，不断吞吐着人流。只有极少的特权阶层住在各种大院里。高高的院墙隔开两个世界。偶然的机会进入大院，坐下来仰望，天空浩大，令人有晕眩之感。这是一个怎样的世界啊。心想自己什么时候才能如此铺张。不知不觉间，如今的小区都成放大的当年大院。四通八达的道路被一节节地堵死，随时走到尽头，撞到南墙。

湖滨花园里的楼房多为五层或者六层，无电梯。楼下未被水泥或柏油覆盖的地方，以方砖隔成一块块"农田"，里面是潮湿的土壤，种着红薯、茄子、辣椒、紫苏等。一人多高的木瓜树，主干纤细，上面密密麻麻地挤着绿色的木瓜，已有拳头大小。就算它们平均分布开，空间亦绰绰有余，不知为何偏要挤在一起。死心眼。

道路两边的棕榈树非常高大，直挺挺地把硕大的叶子送到三楼或者四楼窗台上。住户如果够灵巧，打开窗户就可以顺着叶子、树干爬下来。瞎想而已，住户们千万别这么干，摔倒了，我可不负责。时值周末傍晚，整个小区里安静得如同没人住，透过一楼窗玻璃却看到有中年男人穿着白衬衫在炒菜，食用油在锅中的炸裂声隐隐传来，我下意识地躲闪了一下。

狭窄的路上横七竖八地停满了车。有的车尾巴翘起，撅在人行砖道上，前脸儿以俯卧撑姿势趴在柏油路上。不管多么见缝插针，所有消防车道却都畅通。他们可真能塞。窃以为车辆再增加一倍，依然可以各安其所。我不知道如何停妥，但绝对盲目崇拜此处居民的停车技术。

湖滨花园小区开了好几个门，分不清哪个门冲东哪个门冲西。在北方城市生活时，街衢横平竖直，南北通透，站在路口，凭借"上北下南，左西右东"八个字可以迅速辨清方向。到深圳后一直稀里糊涂，觉得是东，一看路标，是西；觉得是南，路标又成了北。自信心备受打击。胡思乱想道，莫非此城横跨了赤道，故而方向相反？

某一个门口附近有一空地，有一两百平方米，摆放着一个个蓝色长方形塑料盒子，里面种着各色植物，最靠边的盒子里长满罗勒（又名九重塔），开白色小花，有强烈味道，据说是做披萨饼的重要食材。我喜欢闻那个味道,类花大姐,却不令人厌,介于香和臭之间。这边迈一步,就是香;那边跨一步,就是臭。它死死地定在那里,绝不再越雷池半步。每次见之,第一时间都想不起全名,只记得一个"勒"字,然后反复想,才恍然大悟。其他,有茉莉花,有夜香牛,有石榴、剑兰、枇杷、豆角,有黄色的卷曲的忍冬花。远望一片绿,近看都有自己的想法。人行其中,似与想法碰撞。

显眼处立一标牌,上书:"龙井社区 中草药科普园"。旁边的"社区之窗"公告栏中,贴着常见中草药功效及中医知识等内容,如推拿、刮痧、针灸、拔罐之类,看上去是刻意制造了一个社区主题,在平淡无奇的日子里砸出一点小声响。

几处突兀之地。

这个微小的科普园旁边,有一巨大土堆,方圆几百平方米,夹在两座楼中间,四周以水泥固定住,还有一白底红字警示:"危险边坡,请注意安全。"猜测,或为一小山,盖楼时未及削平,建成后更懒得管它;或是人为积成的一个土堆,因地制宜,废物利用。非虚言,土堆上面有一个破败水泥建筑,柱子上披挂着绿色的藤类植物,以致看不清其本来面目。建筑四周长满郁郁葱葱的树木,凭高远眺,堪与楼齐。该土堆在这居民区里居然营造出荒山的感觉。站在下面,抬头望,似乎可见多年前的人在上面烙下的影子。一件事发生了,消失了,无声无息。曾经的征战埋在地下,连一滴血都看不见。轰轰烈烈的恩爱,在夜空中飘散,天亮后一切全无。若能留下一点点记号,也只是上天的无意之举。如果从开天辟地算起，发生的所有事都堆积在地面上，一定如垃圾山高耸入云，又脏又臭，所以就一边发生一边抹掉。就像小时候老师一边讲课一边把辛辛苦苦写在黑板上的求解过程擦掉，白色粉笔末飞散到他的头发上。露出地面的这些故事，经风吹雨打仍不离开，看上去是一点点，却时刻透露出无限的酸甜苦辣。面无表情的人们从那里走过，自然是熟视无睹，只有我这种善于察言观色的人，才发现了其中的端倪。但我什么都不说，蹲在那里，像看电影一样，不错过一个镜头，一个人迹。我一动不动，神思恍惚地跟着进入他们的故事。

广场亦突兀。绕过土堆前行，小区中间高出一块的地方，即是广场，要上几级台阶才能进入。虽是在平地上盖了一个社区，却多了高低错落的视野和体感，不知最初的设计者有意还是无意。即使无意，胸中亦有丘壑，凭着直觉，从无到有，抵达了今天。

边缘罗列着健身器材，蓝色、红色、陈旧而结实，分别为：室外漫步机、肋木、腰背按摩器，等等。

深圳社区广场的灵魂必为大榕树。无榕树者，徒有其表也。此处的大榕树居于广场中间，照例挂着毫无美感的告示："禁止爬树，如有意外，后果自负。"一圈白瓷砖花坛把树围将起来，花坛上零零星星坐着几个头发花白的人。他们和树缝里渗透下的荫凉一样老旧，都穿着花格子衣服，绸布短衫上的蝴蝶逼真欲飞。个个鲜艳，几乎没有素色的。看身材，要么太胖，要么太瘦，没一个适中的，恰如到了这个年龄，很容易做什么都不对。而他们又都看不出年龄，说六十也行，说七十、八十也行，一"老"字概括可也。混混沌沌，一团和气，一旦具体化，他们便如被撒了盐的鼻涕虫，转眼化掉了。

广场上面有三座建筑。一个小亭子，四角朝天。一个穿黄马甲的清洁工，女，亦老，正坐在那里刷手机。一座建筑稍类碉堡形，有室外楼梯，上书"×××执法中队"。一座三角形的小屋，铁链子锁门，门楣上挂着一条肮脏的横幅："庆祝新安街道龙井曲艺社成立23周年"，红底黄字，上面落着灰尘，保守估计已挂了几个月，不保守估计，或许几年了吧。多盯几眼，一个故事悄然显现。曾经一伙儿什么样的人组织了这个曲艺社，是男是女，是强是弱？他们是真的热爱，抑或只是敷衍上面的指令？如今这个曲艺社是寿终正寝了还是处于风雨飘摇中？恍惚中，似看到几个人走出来，他们拎着锣，抬着鼓，夹着二胡，手拿快板，化着浓浓的妆，头发盘得高高的。他们不再是面目模糊的老年人，而是各怀绝技的表演者，可以做连续的空翻，可以背诵全套的《报菜名》。这些绝技如雕刻刀一样剥离了他们身上的泥土，让每一个人都清晰起来。他们的爱与恨，酸甜苦辣也披上了光环，成为不可复制的故事，一股脑儿地向我走来。我轻轻抚摸这些故事，身形渐渐与他们黏合在一起，心脏重叠成了同一个心脏。

其实广场并不大，几个建筑也不挤。在这里我即使什么都看不到也不会失去什么。这些平凡之物，与其他老小区并无二致。那些故事和主人公陆续沉没，留下的一点点不鲜明的线索，都逃不过我的眼睛。我经历过太多故事，已经捋清到了若干故事的逻辑，只需瞟一眼，便见悲欢离合喷涌而出。

小区中间，另一个老旧的建筑，简单来说，是个车棚。吾意是，不可用这么简单的两个字覆盖之。透过铁门,看到里边挂着个牌子,上书"非宝恒集团车辆不准入内停放,违者后果自负",落款是"宝恒集团",牌子颇具年代感。而这个"宝恒"又是谁?好事如我,特意搜索了一下:"是于1993年9月改组成立的国有控股上市公司。公司以房地产和来料加工为主业,经营范围包括房地产、贸易、电子、酒店、物业管理、证券等10多个行业。企业规模和绩效在全国上市公司中排名350左右。"倒推,在一个小区里单独占有偌大一个车库,两者关系似非一般。透过大门见里面空空荡荡,只停了一辆车。

画面又开始在眼前闪现:那些曾经有过的争论,那些脸红脖子粗的人,那些漫不经心的人,那些心无旁骛的人,从最初的激烈碰撞,到相安无事。牌子上的每个字眼后面都有情绪的波动。而我沿着这些情绪走过去,内容越来越丰富,足以把我淹没。我所能做的,不过是浅尝辄止,触碰一下,赶紧离开。

听音乐时,我常常想,先去掉最无用的杂音,再去掉锣鼓,后去掉唢呐,再去掉古筝……会怎样?所谓音乐,须有多种乐器配合,相互支撑,即使一个个抹掉,最后只剩一个肉嗓子,也需曲调婉转,音色变幻,令其丰富,方可指向天籁。若认为那个也无所谓,这个也多余,任性删除,最后剩下的,只是枯枝一根,无法动听。动听仍要以丰富为前提。单调无法动听。这个小区里的故事,全部凝结于裸露的若隐若现的表象。你不能因为它的单薄就断定其单调,虽然你只能看到单薄的枯枝。

敝宅附近的人行道上有一个小小的报刊亭,摆着《读者》《青年文摘》《故事会》《意林》之类的刊物,还卖矿泉水和各种身份可疑的小食品,乃小学生们放学回家的必经之地。孩子们常常堆积在亭子门口,叽叽喳喳地买这买那。忽然有一天,铁皮屋子消失了,人行道上剩下一个四四方方的白印儿,顿感道路特别顺畅。这里好像从来就没有过一个什么建筑,当初长在此处就是一个瘤。切掉了它,附着其上的故事也消失了。而我曾经亲眼见过它,知道那里有故事,其丰富存于我的记忆。夷为平地后,我的记忆依然突兀。亲见和亲历是多么重要和必要。

但这些故事和我有什么关系呢?眼见他起高楼,眼见他宴宾客,眼见他楼倒了,在一个城市的巷陌中,如此这般的故事数不胜数。但一个人毕竟亲见的有限,心理承受能力亦有限,湖水与大海两不相干。那边厢尽管发生,这边厢尽管我行我素。即使我踩到了故事的裙边,摸到了它的肌肤,闻到了它浓重的呼吸,只要我不上场,没有成为故事的主角,我走得再近也仍只是个旁观者。心中的波浪只能共振,而无法真正地疼。我的疼依然源于我自己的故事。而刻在心头的他者记忆,谁也无法帮我抹平擦净。它们于我毫无实际用处,若强行说有,却是一点小小的、淡淡的伤害。

是啊,该走出去了。

找寻出口时,忽闻人声嘈杂,两个相邻的小广场柳暗花明般跳到眼前。左边这个,密密麻麻至少二三十个小孩子,年龄三岁到十岁不等,大一点的孩子在吹肥皂泡,最小的孩子扎煞着胳膊,一摇一晃地去追。有的在捉迷藏,有的打羽毛球,有的互相打闹。欢叫声此起彼伏。右边的广场上是一群半大小子,在两个篮球架下砰砰砰地拍球,忽而迅疾抬头，手腕一抖，"咣当"一声把球砸在篮板上……整个社区的当下，原来都躲在这里。我沉浸于彼的痕迹和故事，他们才不会在乎呢。他们奔跑着，流着汗，崭新地映衬着陷落的旧事。而他们正在演绎的故事，终究逃不出前者的窠巢。世上能有多少新事。

紧挨着这个小区，是一个名为御景台的小区。虽然晚了不过十几年，却仿佛两个时代的符号。阳台上晾着的衣服，都能感觉出不一样。那个小区的高楼俯视这个小区，若有所思。

灶下

我经常从那里走过，灶下村。我曾在楼群的缝隙里见到倏忽的夕阳，灶下村。我曾吃过小店里的肉夹馍，灶下村。听说它终于要变模样了（综合整治），灶下村。

且喜且失落。喜的是，变一点，好一点；憾的是，也许这里会成为我的陌生之地。故，该写点东西，以文字描摹之。也就这几年时间，我写过的地方陆续变身，间或消失。笔下所记，不为史料看，只为自己留个念想。

在网上搜了一下灶下村，多为投诉。

其一：

曝光一个坑人的出租房，以免后面的朋友上当，我在深圳宝安区新安街道灶下村租了一个房间，当时是白天，并没有感觉太吵，所以就签了合同，结果发现一楼巷子内侧竟然有一家烧烤店，晚上一两点钟都跟菜市场一样，关着窗户也是一样吵……

其二：

宝安区宝民一路灶下村××楼的所谓"公寓"千万别租。1.治安隐患非常大！防盗网是一层楼相通的，没有任何隔断，只放了空调外机，完全可以过人，并且厨房和卫生间（也就是防盗网那里）的窗，是没有锁的。2.我原本在这个"公寓"预定的房间更夸张，防盗网只有半截，而且"握手楼"跟对面房子的天台就一步之遥，因为这个原因我不愿意入住，（我一个刚毕业的女孩子自己住，怎么敢！）管理员就要求我住其他的房间，否则就不退我定金。3.房租一个月1500元，不包括管理费和网费，说是拎包入住，其实只有空调、热水器和床、衣柜、桌子，别说什么洗衣机冰箱了，连凳子都没有！

……

更多的是招租信息：

60平方米，2室1厅，精装修，1/6层，灶下村一坊，3300元/月。

18平方米，1室，精装修，押一付一，家私家电齐全，采光通风好，3/7层，灶下村一坊，1300元/月。

12平方米，1室，简单装修，1/7层，灶下村一坊，1100元/月。

……

这些内容是里子，多大的面积，租价多少钱，能否接受，都关系着当事人的钱包。他们一一权衡过，做出过抉择。而我仅为路人，看到的是面子，表象的东西。此处无我一张床，一个茶杯。表与里却是一体两面，我的走马观花亦为一种切入。这里的一切又都属于我。我的灶下村，是一个铁打的灶下。

千万别被这个"村"字误导。在深圳,叫"村"的地方,均徒有其名,没有耕地,没有牛马驴骡,没有农机,连农民都没有。深圳是全国唯一无农业户籍的城市。走进一个个立着高大牌坊的"村子"里,一座座楼房,一条条街道,一个个店铺,摩肩接踵若有其事的行人,整个就是城市的样子。若把那些牌坊拆掉,"村子"和外部世界是非常完整的一体。

灶下村亦然。该村位于深圳市宝安区新安街道,原为上合村的一部分,村民都姓黄。嘉庆年间《新安县志》中,称其为北灶村(深圳本土文化研究者蔡保中著《清〈新安县志〉里的深港村落》一书中说,北灶村另有其地,嘉庆年间《新安县志》所述不准确)。据《新安街道志》"行政村、社区概括"章节:"1986年11月,(上合管理区)改为上合村民委员会,辖上合、甲岸、布心、灶下4个自然村。"后几经辗转,灶下村成为宝民社区的重要组成部分。宝民社区有壮、回、苗、蒙古、维吾尔等二十七个民族,常住人口三万多,其中深圳户籍五千多。

或是为了显得文雅,上世纪八九十年代,"灶下村"写成了"造厦村",中间可能还叫过其他名字,后来不知道为什么又改回了"灶下村"。现在村中的标牌上,两种写法常常同时出现。深圳有座山,名羊台山,原本写作阳台山。据说上世纪五六十年代,全民扫盲,村民写不出繁体的"阳",便据音写作"羊"。时间一长,竟约定俗成。初到深圳时,见到这个名字曾犹疑过,心想,若叫"阳台"岂不更好?却原来真是"阳台"。如今,行政部门经过征求市民意见,又把写了五六十年的"羊"改回了"阳"。(详见本文附录)

"灶下"之于"造厦",也是一种回归吧。另,珠三角一带常见类似地名:岗厦、塘厦、田厦……厦,同"下""吓",不是"下面",是旁边的意思。山岗的旁边,水塘的旁边,田地的旁边,盐灶的旁边等。

灶下村土著占比太小,凝聚力不强,连个牌坊都没有。由一个不起眼的门进"村",并非想象中的闹闹哄哄,脏乱差,反倒安静和整洁。别被网上的投诉吓住。居住于此的人,不甘心把自己当成贫民窟中人,更未自暴自弃。这里既没有污水横流,泼妇骂街,亦无衣衫褴褛。店铺名称和内容都尽量往小资上靠,"木偶的杂货铺""沙拉店""奶茶店",装饰以简单的黑白线条,各自举着一颗向上、向美的心。走路的人不慌不忙,时有长发的白裙少女飘然而过。

一个穿着制服的年轻保安正伸着懒腰打哈欠,两只手于头顶长时间交叉在一起,仿佛他举起了一座楼,一松手,楼便倒下去。楼栋均安了防盗门,其中一个门口放着一双拖鞋,拖鞋旁是一件衬衣。一个中年妇女从里边出来,换下鞋,把拖鞋在衬衣上蹭了蹭。门口上方一根粉红的木杆上,挂着一条三角内裤和两件女性衬衣。

灶下村分成三块:一坊、二坊、三坊。一栋一栋密集的农民房,大部分是六层,似无电梯。主街约三百米,从这头一眼可望至那头。路边停一辆车,另一辆车就得小心翼翼地蹭过去。

楼下临街的房子几乎都成了店铺。有广告公司、私人衣服定制、糖水店、早茶店、凉皮店、烤肉拌饭、美容美发店、杂货铺,各种名目的地产公司,甚至还有好几个规模不小的超市。广式肠粉店门口,一个秃顶男人正低头认真地吃面前那一碟肠粉，筷子频繁地在嘴和碟子之间游走。一只白色的狗，摇着尾巴，在他身边跑来跑去。

这个貌似封闭的城中村，其实是可以自给自足的。

沿路走过去，画面无声，街道却悄悄喧嚣起来。

城中村标配：沙县小吃、东北饺子馆、古树。

我吃过一回沙县小吃的飘香拌面，自此对其刮目相看。从深圳到广州、从东莞到佛山，甚至海南，味道几乎差不多。跟肯德基不同，他们是一店一老板，各自为政，即使经过统一培训，能做到如此标准，亦极难得。趿拉着拖鞋的年轻老板，店门口乱跑的小孩子，像是一个模子抠出来的。该店有荤有素，各类小吃可当零食，可做主食。无论南方人还是北方人，在此皆有可口的选择。

沙县小吃在城中村里的地位最稳固。

东北饺子馆。我在东北生活十数年，并不认为东北人多么爱吃饺子，他们对大米、黏豆包和冷面的热情一点不小于饺子，更不要提烧烤了。饺子馆是个概括，主顾应包括所有北方人。之所以不叫山东饺子、河北饺子，或因东北辨识度高，易贴标签。河南人、山西人也爱饺子，但人家有更厉害的烩面和刀削面，用不着。再是，深圳的东北人确实多，以乡情招揽，生意好做。

粤人似有古树崇拜，起始于农耕社会，延续于城中村里。土著们常常给古树上系一红布条，逢年过节到树下烧香祭拜。灶下村的弹丸之地上，残存着几棵古树。最大的这棵，乃小叶榕，仿佛是两棵。一伸向左，一伸向右，其实根仍连在一起。遒劲的枝干，棕红色透着苍白，几个人

每次看到这个仍然存在的小店，心里就会踏实一些。

才能合抱过来。该树枝叶繁茂，半条街上都是过滤后已然凉爽下来的阳光。古树旁边粘连着一个不大的洋灰棚子（应是用来存放垃圾），一条约两米长的铁梯通到棚顶。梯子锈迹斑斑，甚至已经穿孔，漏出一个个小眼儿，似乎踏上去就会掉下来。但一定有人经常上去，因为棚顶的枝干上挂着一个铁圈式晾衣架。几只塑料手套、几条毛巾湿漉漉地随风摇摆。

树下一个黑色的石碑，上面写着："国家三级古树 榕树 树龄约245年 深圳市人民政府2014年10月"，如此推算，该树约植于公元1769年，清朝乾隆年间。见识了那么多人间悲欢，它的心差不多麻木了吧？

不远处的一棵，站立得直一些。周围已经用铁栏杆圈起来，平时并不对外开放。枝叶贴着周围的建筑物，仿佛抵在墙上的牛犄角，伸展不得。树下搭起一个很小的庙，常年摆放着水果等供品，偶有香火燃起。据说此树最灵，信众颇多。神仙们享用了这些东西，就会保佑这里的每个人。他们不是白吃白拿的神。

与这两棵树垂直的街道的尽头，是另一棵榕树，比分权的那棵年轻五岁，石碑上写着："树龄约240年"。树旁一座绿色的小楼，和树之间搭着一个简陋的铁皮棚子，棚内有小生意，名"榕树水果店"。水果品种繁多，花花绿绿地摆在一起，令人赏心悦目。两个人站在树下聊天，老板是个中年男人，偶尔也插嘴说一句。午后轻风掠起点点凉意，几个人竟在这巨大的都市里搭建了一个世外桃源般的乡村剪影。

某种意义上，这种所谓的违建，一夜就可以拆掉，消费者还可以到其他地方去买水果,并不影响什么。

店主见我拍照,赶紧跑过来说,领导,我们这个店开了二十多年,一家人都指着这个店铺生活呢。让怎么改我们就怎么改,不要拆掉就好。旁边又过来一个老太太,应该是店主的母亲,说,我八十岁了,还有两个孙子。我们支持整改,但请考虑考虑我们的实际情况。

城中村整治的脚步声越来越近,已先后有几拨调查人员到来。住在这里的人,有喜有忧。总体上来说,改善居住环境乃人人受益之事。但过程中,刮蹭越少越好。比如这个树下的水果店,若翻修之、美化之,使其成为城市的新传说,未尝不是利大于弊。

而我无法回答他们。心里一酸,赶紧离开了。

村中若无古树,仿佛人没有了灵魂。愿榕树永在,水果店也在。

三种标配:一属南,一属北,一混不吝,在灶下村不经意间就这么融合在一起了。

岂止地域之融,还有阶层的融合呢。傍晚时分,路边会摆一张小桌,几个以搬家和收废品为业的人在那里斗地主。他们的河南口音很重,表情兴奋,"啪",牌一落下,一片惊呼。周围的看客,有他们的老乡,有房产中介,有南山科技园刚下班回来的"IT民工"和"金融民工"。什么白领蓝领,全无差别地笑,或者一起大声叹息——"哎!"

偶尔有电单车的笛声响起,不如汽车鸣笛那么刺耳。据说这里有两千多辆电单车。平时也应该是在城区跑来跑去,若一声令下,全部回来,整个社区不过0.37平方公里,哪里装得下。它们的使用率非常之高。外卖小哥、清洁工、小生意人,已有汽车的上班族,人手一辆。短途出行，终究是电动车方便，也易停车。

城中村的楼房，产权属于个人。世代繁衍于此的农民或渔民，在自家宅基地上起一座楼，收租过活，旱涝保收。有一些楼，会起一个单独的名字，如"雅庭居"之类。颜色多选灰与土黄，不鲜艳，似乎要凸显自己名不正言不顺的身份。其实他们是社会富裕、秩序稳定的既得利益者。外来人口越多，他们越高兴，说话做事也越有底气。

这些建筑称为握手楼，一栋挨着一栋，仿佛两只手握在一起。也有的人把握手楼解释为，这栋楼上的人，伸出手可以握到另一栋楼的人。总之，就是距离短。阳光当然是必需品，"采光通风好"，租房时是重要卖点，但在如此逼仄之地，又成了奢侈品，并非人人都享用得起。住户在省钱和阳光之间做选择题，有时要被迫放弃后者。在灶下村最窄的两栋楼之间，不要说"一米阳光"，半米都渗不下来。而相对着的两墙，居然有窗户。我仔细看了一下，确实是窗户。完全打开，会直接撞到对面的墙上。住在里面的人，透过窗户只能看到几块瓷砖。或许开窗只为换换室内的空气吧。

密密麻麻的排水管、电线、网线、燃气管，像一条条蛇，紧贴在墙面上。

若有闲情逸致，可以设想一个爱情故事。毕竟年轻人多。一个男孩子打开窗户看到斜对面女孩子的侧脸，怦然心动……

一些房主懒得操心，把整栋楼租给二房东。二房东把楼体外表刷一刷，里边放一张床，起一个时尚点的名字，便成了"拎包入住"的公寓。灶下村最大优势是临近地铁口。灵芝地铁站距此仅四五百米。福田、南山写字楼里的小白领们，工作地和居住地可以无缝对接。比起市中心动辄七八千的房租，这里已经很便宜了。他们寻寻觅觅，舍近求远，犹犹豫豫地和灶下村结合。有一天收入提高，或者成家买了房子，就会搬走。这里更像一个过渡带，是年龄的过渡带、收入的过渡带、生活品质的过渡带，也是心理沉淀的过渡带。有人也可能会在这里住一辈子，他同样要经过上面的若干环节。

这便是城市的湿地。

居住条件局促若此，为什么还有人住？且居然是满员。只能说，人太多了。有人源源不断地涌来，这个城市一定有其独特之处。飞机高铁和城际铁路把一个个远方连接在一起，大家更方便用脚投票了。对于那些投诉，如货不对板，如嘈杂，有同感的人一定很多，而对此完全无感，甚至觉得是天方夜谭的人也有很多。人越多，分化就越严重。一条条小路带着他们去各自的天边。此人之蜜糖，他人之砒霜。此处之晕头转向，他者之云淡风轻。

但有这样的湿地在，初入社会者，收入较低的打工者，方有安身之所，才可以在自己的"家"里埋锅造饭，躺在窄小的床上做梦。如果强力拆迁，街道整齐宽敞了，本地居民的钱袋子陡然厚重了，但风尘仆仆赶来的人们去哪里住？人才，并非只是高学历者。只要做合法的事，挣合法的钱，都是人才。他们创造的财富，是金字塔的基石，那一座座高楼大厦和高楼大厦里的自由以及花枝乱颤的公园才有了支撑。

在灶下村行走，眼见一只大老鼠从墙头跑过，尾巴高高挑起，似乎还回头跟我对了一下眼神，目光中并无凶狠，而是呆萌。说起来有点恐怖和肮脏，行走其间，生活其间，却觉得自然。那里如果不爬过一只大老鼠，又该爬过什么呢。这种东西就像蟑螂、蚊子一样，消灭不净的。你天天用拖把拖地，喷消毒水，蟑螂总会不请自来。整个世界都是它们的。它可以跑来跑去，你的房子跑不了。在深圳的人行道上行走，绿化带中忽然窜出一只老鼠，吓你一跳，是常事。它们是诗意边上的一片阴影，清水里扔进的一块土，陡然燃起一片烟火气。

村内的小卖店中，茉莉清茶三元一瓶，只相隔了几百米，村外的价格就多一块钱。再远的地方，更贵。村中有一条街，名"菜市"，很多小本生意，出现在一早一晚的路边。粽子，热乎乎的。椰丝糯米糍，也是现做的。一个老妇面前摆着几个笸箩，内装几种青菜。另一个老太，卖咸鸭蛋、鸡蛋和鹌鹑蛋。还有卖玉米的，外皮扒开，露出密密麻麻的玉米粒，绒毛散发着潮气。我偷偷算了一下，他们面前的东西都卖掉，大概也就是一两百块钱，刨除成本，剩不了多少。

街上并无烟熏火燎。也许是有相关约束手段吧。管理者总有自己的方式，避开大呼小叫或者针锋相对。

像"榕树水果店"这样的门面还有好几个。有一家"三兄弟理发馆"，理发师和服务员真的是三兄弟，都姓黄，但不是灶下村的"黄"。"我们是广东人，理发馆已经开了快二十年"。单剪十五元的生意，维持这么长时间，并且可以养家，背后的故事搜罗搜罗，至少一筐。

你在灶下村仅有的几条街路上走来走去，每走一遍，就会发现，刚才忽略的某个店铺猛然跳出来，仿佛才开张，仿佛你走的是一条从没有走过的路。而那个店铺门面陈旧，桌椅斑驳，岁数比你大多了。你刚才没有见过的人也闪出来。新的一栋一栋楼房也跳出来……村子像一个魔方,每掰一下,就变换一种呈现方式。

总是那么多的人,那么旺的人气。

人气是一种非常神秘的东西,绝非人为搭建。在内地生活的那些年,耳闻目睹了数起更新改造。一个自发形成的火爆市场,地方官或许是要干出所谓的政绩,或是觉得不够高大上,于是大兴土木,或者干脆搬到另外一个地方,还用这同样一个名字,但人气却彻底消亡了。消亡了,就再也找不回来。

犹记得当年回大学母校,校园里的道路已非原来的道路,宿舍已非原来的宿舍。怅然若失。唯校门以及门楣上"东北师范大学"几个字还没变化,其实换个大门不费吹灰之力,说不准哪位当政者一拍脑袋就给换掉。我们都跟当年的辅导员说,千万为我们守住这个校门。如果学校要拆校门时,一定通知我们,大家一起反对。这是最后的牵挂了。

所谓人气,不亦如此乎? 这儿的每一块砖头,每一片叶子,街道上的每一个坑,每一个住户和路人,甚至他们呼吸的每一口气体,都经过了反反复复的打磨,严丝对缝,勾连咬合,牵一发而动全身。绝无哪个重要哪个不重要。都重要。这种"气"貌似强大,实则脆弱,尤需敬畏之,呵护之。

所以,当看到一份灶下村的综合整治方案时,心内释然了。里面有座谈会的意见整理,调查问卷的数据,从交通到水电到休闲配套到消防安全到海绵城市建设的想法,清清楚楚,细腻而有条理,有点螺蛳壳里做道场之感。并无大拆大建,只有精致的小修小补(没提到那个水果店,祈祷整修后它可以保留下来）。如，地方狭窄，不可能大面积种下绿色植物，就设置立体植物墙，在垃圾中转站和部分楼体上栽培植物，增添钢索悬挂绿植，也是满眼绿色；像其他村子一样，门口建一个牌坊，提高辨识度，让这里居住的人增添些微小的归属感；在二十个转角处设置不同的主题和颜色，保留住社区故事；改造菜市中店铺的招牌，使之更赏心悦目；设置专门的电单车停放点，管线入地；等等，等等。

这些年，眼看着一个个城中村由嘈杂走向静谧，由污水遍地走向干净清新，对灶下村自然也抱着同样的期待。变化已成必然。变成什么样，一个人一个期待。指向多维。"越来越好"，真喜欢这四个字。我期盼村子的变化能让住在这里的人眼神更平和，步子更轻快，脸上的笑容更灿烂，而不是无所适从。那些离开的人，再回来时发出一声感叹，"啊"。万千语言，尽在这一个字里。

灶下村的对面，是宝安电子数码城。几百米外，是庞然大物般的住宅和综合体。它们的阴影又高又黑，仿佛强悍的侵略者，脚步扎实，势不可挡，让人憋闷。走到跟前，忽然停住了。灶下村如同个子矮小的金刚，抬头和大个子对峙着。它闪闪发光，从里到外散发出坚不可摧的神秘力量。这股力量源源不断，乃是居住在这里的人气集合而成的。大个子笑了，说，"小样儿"。

大个子定在那里，再不往前走一步。

附：

阳台山小考

深圳有山，现名阳台山，规模偏大，登山口多。此前多年，一度称为羊台山。初见此名时，直觉认为应该是"阳台山"，后来看惯，偶尔把玩，觉得"羊"也小有趣味。现改名"阳台山"，又有人不适应，认为傻气。其实阳台若不与楼房之阳台挂钩，只是"晒太阳之地"，亦有灵气。

查以前资料，1866年的《新安县全图》，确为"羊台山"。之后光绪年间印刷的《新安县图》，则改成了"阳台山"。上世纪五六十年代，全民扫盲，繁体的"阳"字，渔民和农民写起来太麻烦，于是因陋就简，将"阳"写作"羊"，遂成惯例。现在由"羊台"至"阳台"，依据便是后者，也算恢复古名。其实早先本来就叫羊台山。

再往前倒，康熙年间杜臻著《粤闽巡视纪略》中，将之写作"羊蹄山"。本土文化研究者刘秉仁先生大胆猜测，或许当年山上多有"羊蹄甲"（即现在人常说的紫荆花树，为本土植物），以"羊蹄山"名之。

粤语发音中，"羊蹄"同"羊台"，或为"蹄"字不雅，书写为"台"。历史上颇多此类转写。

由"羊蹄"而"羊台"而"阳台"，再"羊台"再返回"阳台"，恰是文化之功。文化乃以文化野，中间或有倒转，但终究离原意越来越远。

和斑驳相遇的一瞬间。

环岛上的学堂

导航声音：目的地已到，在道路左方，谢谢您使用某某导航，再会。左边！左边不是环岛吗？右边倒有一条小路，我下意识地要往右转，但那条小路深处，貌似不可测。只好就近找个安全处停下，下车打量。暗忖导航果然不靠谱，听说有把司机导到桥下的，还有导到水坑里的，现在要直接领我到环岛上，才不上你当。向环岛上看一眼，绿树掩映中，隐隐似有一个建筑。趁周围无车，三步并作两步走进去，一幢楼上赫然四个大字：南中学校。正是此行终点。

在深圳，所见人事与人类的普通认知有多大反差我都不会惊讶。总有局限和想象隔开一个个你我。

名为学校，其实只是单独的一栋楼。当年一定有过操场、实验室、厕所、围墙，鼎沸的人声，现在全都消散了。孤零零的身影，两层，白墙黑瓦，已斑驳不堪。正面飞檐雕柱、拱门、石窗、堡顶，状类南洋风格；内有石柱、土梁及墙面的三合土，颇具传统的客家建筑元素。岭南一带的老建筑很多如此。中华文明与外来文明各有痕迹，糅在一起又不生硬。皆因面向海洋，最早接触海外事物，离香港又近，西风东渐，建筑乃至思维方式都受影响。电影《让子弹飞》中的一排排碉楼亦属此类典范建筑。

该学校位于坪山区石井街道田心社区，西临兰田路，北靠环境园路，乃深圳少见的保留完整的老校舍，建于民国二十年（1931年）。附近本有两村，一名对面喊，一名树山背，均为许姓，不知为何结怨，老死不相往来。两村原来各有一所学校，即秀南小学和培中小学，都年久失修。僵局总需有人打破，祖籍对面喊村的港商许让成提议，两村何不共建一所新学校，让后代你中有我，我中有你。遂主动捐资三分之一。香港同胞许其卓积极响应，提供了六七亩建设用地，同时带回了学校设计图纸。两村村民深受触动，有钱的出钱，有力的出力。新学校落成后，从原来两村学校名字中各取一字，是为"南中学校"。当时有人特意送上一副对联：两村睦邻干戈化玉帛，一堂明德新民止至善。

"文革"期间，南中学校改名为田坑学校，刻着"南中学校"的匾额随之被换。此后，学校又因维修不便而迁往别处。改革开放后，经济社会发展迅疾，选择日多，当地孩子多外出读书。学校式微，终于1989年停止招生。

站在环岛上外眺,附近呈现大修大建景象。一座高架桥飞奔而去,看不到尽头。泥头车不时轰隆隆驶过,在干净的柏油路上都能溅起灰尘。吊车居高临下,一起一伏,好像可以伸开手捏捏住天空。人并不多,偶有标着驾校字样的小红车在另一小路上慢悠悠驶来,透过车窗可见一个紧张的女司机和副驾驶上不耐烦的秃头教练。

旁边有一小公园,名为田心公园,遍植花草,疏密有致。广场上空空荡荡。两个农民工模样的人坐在台阶上打瞌睡,远处一个男子牵着狗散步。公园对面一棵树下有一临时搭建的简陋小庙。高不过一米。庙里供着好几尊服饰不同的菩萨。再远处,几座烂尾楼,窗户都没有,但楼上有人晒被子,猜测是租不起房子的人暂时借住于此。

校舍非化石,依然有人影晃动。在门口站定,右侧墙上一块石灰黑板,大标题:"教学常规登……"后面看不清了,下面的表格有"午读""卫生""好人好事""事故"等。不知成于哪一年。左侧墙上牌子几个字:"坪山城市书房"。

进门,一楼右侧貌似图书室,有个吧台。吧台后面一个温柔的小女生对我们打招呼。坐定,点了一杯奶茶,翻阅桌上资料,发了会儿呆。到另一侧去看看,是一个自习室,摆着一张张书桌,墙边还有书架,窗明几净,灯光明亮。

沿着陡峭的木质楼梯上二楼。偏执地以为脚下是几十年前旧物,小心翼翼,生怕坍塌。到楼上,脚一沾地,踩不踏实,惊骇,问后边跟上来的小女生,这是木头的吗?答,是石板,上面铺了一层木质地板而已。

二楼亦分左右两室,左侧室内摆着茶桌和书案,可以坐而论道,可以挥笔题字。这种氛围,研磨对纸,气沉丹田,写得好不好且不论,胳膊一抬,已颇有仙风道骨。抬头,零星阳光从屋脊的灰瓦中渗漏下来,显示是有缝隙的。小女孩说下雨的时候不漏。阳光直射都能进入,水会顺势拐弯,却漏不进来,不知什么道理。小女孩说,自己的一个主要职责是打扫屋子,隔两三天灰尘就会落一层——竟有这么多事物连接天空和地下。

跟女孩聊天。问,楼内无洗手间,如厕怎么办?答,到对面公园里的公共厕所。问,一个人太寂寞,如果两个人是不是好点?答,这样也挺好,自己想干点啥就干点啥,来了客人也可以聊聊天。问,平时人多不多?答,一般一天不过十多个人,时有好奇者探头询问这里是干什么的,要跟他们解释半天。再有,一些文化单位和公司,会借用场地搞活动,基本都是免费的。官方将这种行为命名为"活化",即采取"文物修缮+公共文化服务"模式,维修加固,恢复建筑的使用功能,注入图书阅览、美术创作、学术交流等公共文化服务功能。

不断长大、更新的城市里,能保留下来的老建筑越来越少。这种保留,往往偶然加必然。2010年,得知此处道路扩建,学校可能要被拆除,当地居民纷纷表达"护校"心声。主政者听取诉求,经过讨论和现场勘察,决定将其留下。原居民的坚决态度,想来不仅仅是因为学校刻下了几代人的青春记忆(说穿了,怀旧而已,生命之调料),也许更是附着其上的价值观,令情况由偶然至必然。

该校从一建立,匾额上始终写的是"南中学校",民间却一直固执地称之为"南中学堂",以致今日所有官方文字资料中都以"学堂"称之,门口的几处标识亦为"南中学堂"。没人解释得清为何有这一字之差。都说"一直都是这么叫的"。他们把"一直"当作理所当然。

让人念念不忘的一些事:其一,南中学堂建成时,正值兵荒马乱年代,教室里的读书声从未间断。此所谓坚韧。其二,南中学堂在内容设置上迥异于旧式私塾,开设了地理、自然、美术、音乐、体育等课程,甚至还引入足球和篮球。此所谓启蒙。其三,南中学堂初始只收许氏子弟,男女皆有,嫁到田心的女子也可进学堂念书(这在当时十分少见),后来更是扩大为招收他姓学子,最多时在校生达三百多人。此所谓包容。其四,南中学堂最初曾与学生签订协议:凡在学校就读者,毕业后,正式参加工作前,都要回乡义务执教一年,保证学校教育的持续性。此所谓传承。这一规定一直持续到1953年。

村民潜意识里一定是认同初始这点点滴滴的"不同",视之为理所当然,才不愿意它消失。这样一个建筑长久地立于此地,那些"不同"就会时时被想起。而当地主政者将南中学堂活化成"坪山城市书房",也是间接地肯定了其承载的"不同"。

特意查了一下,"活化"是个化学名词:"在化学反应中,反应物之间要能发生化学反应,首先它们的分子等微粒间必须发生相互碰撞。实验证明,在无数次分子间的碰撞中,大多数的碰撞是无效的,只有其中少数分子间的碰撞才能引发化学反应。这种能够发生化学反应的碰撞叫作有效碰撞。发生有效碰撞的分子叫做活化分子。分子由于热运动而具有能量,所有分子具有的平均能量是较低的,部分分子由于种种原因而具有较大的能量,它们就是所谓活化分子。所以活化的过程就是在化学反应中添加催化剂,使整个化学反应中的活化分子增多,活化能降低的一个过程。"读者请将此段文字默读三遍。

虽然以前的小学走掉了,学堂附近,现在还有深圳技术大学、深圳高级中学,还有愿意学习的市民。我一点不担心来这里的人太少,也不担心目前这个活化方案能否长久执行。置于一个更长的度量上,不停地尝试,不停地催化、碰撞,说不准什么时候就导引出另外一个个"不同"。

"学堂"两字,终是闪闪发亮的自我激励。

绕环岛边上的蓝色路标,三个箭头首尾相连成一个圆圈,冥冥中似有轮回之意,多看一会儿,头晕目眩。晚上做了个梦,又和女孩聊天,她突然目光如炬,仿佛电影中的成仙者,吓得我转身就跑。早晨醒来,暗暗猜测这到底预示着什么,结论很简单:对此地印象太深了。

金龟

金龟是个村子,现在都叫社区。位于深圳市坪山区。来历:村中溪水中曾有金钱龟出没。当然这只是说法之一种,各处地名的发音、意义多离初衷已远,后人只能根据现有名字牵强附会,却使错讹更深。

此处"金龟"二字,有"大自然"的内涵和外延,倒与周围事物较搭。一个大村子,由七个小村组成,散布在群山之间。平缓处一栋挨一栋小楼,均不高,也不密,整洁干净。步入,一男一女,四五十岁,正在楼下整理自家的荷兰豆,藤上的紫色小花星星点点。一大片黄皮树和龙眼树,遮住了远处的山峦。已过结实期。枝干上密密麻麻的绿,一动不动,静等着来年的又一次下坠。

两条路。一名"金成绿道",伸向山中。路边蹲一条不大的狗,见人便狂吠。旁边有狗崽二三。刚生完宝宝的母狗不能惹,护子者的反应,人类当抱有同理心。一名"金龟自然教育步道"。"教育"两字令吾莫名反感,不如换成"欣赏"。沿路深入,满眼的绿,貌似稀里糊涂混在一起,细看,从山上到路上,再到下面的田地里,层次分明,各自独立,绝不惊扰了整体。路边植物有若干标牌：椿叶花椒、桃树、桉树、樟树、潺槁木姜子、土蜜树、散尾葵、朴树……树和树有何区别仍搞不懂，倒是见识了几个生僻名字。

还有鸟类的标牌：噪鹃、褐翅鸦鹃、暗绿绣眼鸟、鹰鹃、白头鹎……若顾名思义，第一个最明显，应是非常吵闹的一种。此地乃观鸟佳处，但我谁都不认识。空中偶尔掠过一只鸟，也不敢打招呼，唯觉自树叶间传来的高高低低的鸟鸣，让树林更加丰满。而一路时隐时现的香味，又像鼓点一样使树林律动起来：幽香、清香、浓香、甜香……都不明确，都绕不开。

被染成砖红色的柏油路只铺了一段，剩下都是土路，鞋上飞满尘土，草叶挂上裤脚。左侧可见村民种的白菜和蕹菜，篱笆墙细竹萧萧；右边有十几个方方正正的蜂箱。木瓜树上七八个青木瓜紧紧挤在一起，都目不转睛地盯着倏忽而至的蜜蜂，似怕被蜇。

一条小溪，隐在深草和芦苇中。水流不急，却被石头激出波纹。名为金龟河，称河又实在牵强。一只白鹭定定地立在岸边，呈凝固状，恍惚间穿越于生死之境。

路见两图腾。一棵龙眼树下，有一石雕发财猫，座下有香火，脖子上系着红绸带，左手举一长方形牌，上书"招财进宝"；右手持一菱形牌，写着"亿万两"。很直接。对面山下有一小庙，案板上摆放牌位：

"牛王爷爷神位",对联赞曰:"牛德如山重,王恩似海深。"后查资料得知,农耕文化在附近坑梓黄氏家族中占有重要地位,在其客家围屋中,牛的符号随处可见。牛在黄氏族人心中代表了吉祥和一种神圣的力量。此种崇拜,或许也不仅限于黄氏族人。

约半个小时,绕回来,见一图书室,名为"金龟自然书房"。风物的尽头是文化。信然。

据说这是国内第一家自然书房,存有各种高品质自然类图书三千余册。疫情期间,进屋需测体温。一楼有"水吧"一个,邮政信箱一个。青年男女二,主动带着刚进门的我到楼上楼下参观。一楼的阅览室,亦借亦售,摆放的书籍并不生硬,《昆虫记》《杂草记》《草木光阴》《观鸟笔记》《加拉帕戈斯群岛》《深圳自然读本》等,看书名就令人兴趣盎然。遂购三本印制极精美的资料书,其中一本为《金龟自然教育步道》,恰好可以回放和印证我刚刚走过的路程。墙上有昆虫生长挂图、蝴蝶标本。蝴蝶标本排列整齐,死而犹生。一张大书桌,一位少妇正带着几个孩子围在那里翻书,她悄声对一个孩子说,记着,从哪里拿的,一会儿再放回哪里。窗台上一排多肉在晒太阳。精致的小瓷杯子上写着名字:周圆圆、朵朵、瑞祺等。哈,这个地方真的适合为孩子们代养此类"宠物"。

二楼乃接待室,摆放着沙发和桌椅,可斜靠其上,发一会儿呆。书架上除了图书,还有一排排老磁带,中年人从中定能找到自己的怀旧经典。二楼两露台。室内小露台,玻璃明亮,极目望去,满眼阳光。露台正对着一棵凤凰木,每年5月份到8月份,鲜红硕大的花朵随时冲进室内。穿过小露台的矮门,即是室外大露台,坐在椅子上,微风四面来,头发飘飘，好不惬意。

　　从上面可见一楼室外空旷处亦有四张圆桌，每张圆桌配四把椅子。坐下来，手持一杯饮料，千万别和楼上对视。大家此刻都想自己，让庞杂心事在这里彻底消散吧。

　　从远方来，只为踏访此书房，却发现它根本不是一个单独的存在。山峦、树林与鸟雀需要这样一座书房，而书房也必须安插在它们中间。潺潺溪水反衬着一篇篇文字，幽幽香气萦绕着一个个封面。山林中的书房，才称得上自然书房。

　　深圳还有这样的悠远之地。即使是周末，在步道上也没遇见几个人。书房里的读者主要是本地村民，外人来得并不多。一切都是免费开放。忽然想说一句话：只要你来，这一切都是你的。

人来花不谢

第二辑

鸡蛋花的尖叫

鸡蛋花在树上一天天长大,至丰满时掉下来。一般的花都是要结出果实的,它却没有,也不解释为什么。

知情的人,千万别说出答案。我只是随口问问。我要怀揣着这个疑问,当成一辈子的谜。每次从树下经过,看着满地的落花,都没头没脑问一下,然后走开。

鸡蛋花浅白色,挂在枝头。几朵挤在一起,看不清模样,被绿色的叶子托着。阳光直射下来,敲打着它的白,仿佛要磨掉上面多余的东西。多余的东西是什么呢?又是一个谜。反正太阳一定有其道理。鸡蛋花吃不住阳光的力,其中一朵站不稳,突然跌出去。不是直直下坠,被风一吹,似乘着降落伞,飘飘摇摇,在空中摆几个姿势,甚至来个360度空翻,落在草坪上,空谷回响般"吧嗒"一声。不一会儿,另一朵也掉下来。

它们相对均匀地摆布在草坪上,后来的这朵,绝不会砸到前面那朵。脱离树身,如蝉出蜕,身心俱活,一朵花上好几只眼睛,不止两只,炯炯有神,眼珠滴溜溜转,什么都看得清。草坪上的它们,娇小而俏丽,似刚刚出浴,干干净净。花瓣儿白,花心蛋黄。五朵花瓣互相掩着。有的侧卧，有的仰面朝天，有的钻在一片阔大的草叶下面。远远望去，绿中有白，白中有绿。

草坪上的野花，摇头晃脑，从各个角度看着来客。一两只蝴蝶也好奇地凑近，读一读来自天空的问候。那么高的枝头，蝴蝶是飞不上去的，如果不是落在草坪上，这些孱弱小蝴蝶一辈子都没机会与其对视。

一只脚无声地踏入草坪，一只手悄悄地伸向刚落下的那朵鸡蛋花。

我蹲下身子，将其放在鼻子下面闻了又闻。浓香。装入塑料袋。再捡一朵，装入塑料袋。三十几朵，塑料袋沉甸甸的。带回家，接满一盆水，倒进去，清洗，轻洗，它们像澡盆里的一群小狗崽，嬉笑着，互相推挤着，尖叫着，调皮者还要窜出来。我眼疾手快，将其捉回。到我手，它生的这一阶段，便听我安排。滤干水，在飘窗上铺了几张白纸，将鸡蛋花"呼啦"一下子全部倾下。一朵朵排列好，共三排。它们停止了吵闹，静静地趴着，互相观望，不知发生了什么事，接下来还要发生什么事。

我只是要晒干它们，这样，就可以保留更长时间，慢慢泡水喝。我还特意准备了一个不大的铁盒子，盛装我的"新茶"。新鲜的鸡蛋花也可以泡水，水质会变软，入嘴后若即若离，初恋般，清香，微醺。我刚才就直接把一朵鸡蛋花扔进了玻璃杯里。

从树上的花到草坪上的花，到飘窗上的花，鸡蛋花始终活着，并且离我越来越近。它们的叫声我都听得到。此一阶段,我陪伴它们,还是它们陪伴我,抑或相互陪伴,都说得通。

初始几个小时,有的花继续在长大,好像仍然在树上。花瓣猛然动一下,似梦中的婴儿,扇得空气也颤一下。街头叫卖的花苞,本从枝头剪下,置于瓶中,也会开,下意识地开。它们是无知的诗人,无视身外场景已换,在自己的世界里沉浸吟咏。那首诗是这样写的:

我要盛开

没有什么不可以

携带着鸟鸣

拔节的声音与你依偎

水灵灵的它们,一个晚上就蔫下来,挺拔的花瓣变得软塌塌,光洁的浅白不再发光。仿佛经过童年的喧闹,瞬间抵达了少年的沉稳。曾经的不管不顾,磕磕碰碰,我自横刀我自爽,变成了寡言少语。也许意识到世界不是自己的,是别人的,开始犹疑,对未知有一点向往和小小的恐惧。第二天傍晚,鸡蛋花的边缘已经发黑,再过一晚,黑边急迫地向里面蔓延,有些花瓣整片都变成了土黄色。剩下的白,也不再像原先那样纯净,而是长出一块块黑斑。它们知道自己早晚会走向黑,潜意识里又有所抗拒。拉拉扯扯,走走停停。我这个旁观者,居高临下地打量着它们,观察着它们,听它们的喘息声。

水分渐渐脱离,鸡蛋花变黑的花瓣越来越紧地抱在一起。潮乎乎,湿答答的,手感虽依然滑腻,但那半干半湿的感觉,仿佛烂泥。此时的鸡蛋花已成油腻中年,灵魂深处极具思想的香味,身体却扛不住,秃顶、掉牙、放屁、打呼噜。曾经的青春少年们，挣扎在灰白和黑色中，整整齐齐排列于飘窗之上，绝类尸体。我时不时要给它们翻一个个儿，以便晒得均匀。

到底是谁让它们成了这个样子？阳光吗？阳光每天都透过窗户跳进来，带走一些水分。它要，鸡蛋花就给。其间应该有过愉快的交谈，小小的博弈，不情愿的妥协，甚至不得不的摩擦。但阳光没有空手离开的时候。大好的晴天，阳光进来的多，鸡蛋花失去的就多。反之，失去的就少。"失去"二字也不知是否妥当。一定有一部分阳光留了下来，进入鸡蛋花的内部，它们的白成为鸡蛋花的黑。

鸡蛋花由彼至此，岂止太阳单独之力。一物置于一地，成为什么样子，与其周围的一切都有关系。窗台的大小，垫在它下面的白纸的型号，窗玻璃的厚薄，我凑过去翻动它们的次数多少，不远处，书架上放着的书，如果放一本王小妮的诗集，一定和放一本辛波斯卡的诗集效果不同。还有我的呼吸，如果我打一个喷嚏，它们也会有变化的。

这些鸡蛋花，如此成为我的世界的一部分。它们从天空落下时，何曾想到被我的世界影响着，并且影响了我的世界。这偶然的世界。

它的水分走了，香味还在。每天晚上安静下来，关掉台灯，香味就开始在屋子里蔓延。我若不开窗，室内便无一丝风，静得吓人。香气可以看得见摸得到。

鸡蛋花在树上的时候，香味被树叶和鸟掠走。落在草坪上，被近前的路人闻到。此刻它的香味都属于我自己。我把公共的香偷回家中。这样合适否？好像所有的拥有都是掠夺。唯有多闻常闻，让每一丝丝香都进到我身体内，方才不辜负了它。

从厚实到干枯，香味一直未减。那香，缥缥缈缈，不扎堆，不聚集，明明白白地存在，却又查无实证。我一直觉得鸡蛋花体内应该有一个超微型的发动机，一刻不停地制造香味，但你把池塘里的水全都抽干，将淤泥和挣扎的鱼虾暴露于日光下，也找不到源头。或者香味是鸡蛋花的一种想法，只要它还活着，不断地思考，香味就一直存在。风刮不走，阳光拽不走，恐吓驱赶不走。可以确定的是，你不能骂它，谁也不能骂它。香味会被骂走。故，我始终轻手轻脚地对待它，在它面前不说一句脏话和狠话。万一它以为是说它呢。我在卧室里，轻声朗诵几首诗词，间或唱几首歌，让它感觉到美和安逸，香味才能源源不断地散发出来。

深圳五月，非盛夏，胜似盛夏。阳光热烈。窃以为，鸡蛋花茶三天即可大功告成。第一天，鸡蛋花添了黑边，第二天变黑，第三天全黑，接下来应该是干枯了。但是第四天我去摸它们，多多少少还保留着一点软，即，没有干透。第五天如是，第六天如是。这是怎么了，停住了吗？明明一天比一天干硬，始终硬不彻底。这三天时间，已经抵上了它们的童年和少年，恰如一个人的老年，以为末日夕阳，停下来静等落山，结果一等二十年三十年，长度堪比青春。这些日子几乎无人规划，听任其随风飘散。其实从干到干枯，竟有很长的路要走，或可审视之，重新构建。

这些被晾晒的鸡蛋花，和我在一起的生活，是它们从树上跳下后的另一阶段。所谓少年老年，皆在这一阶段内。此前此后，尚有无数阶段。而我生命有限，见证其中之一而已。

终于有一天，鸡蛋花成为另一种事物，干脆干脆的五片花瓣紧紧地团在一起,分不清彼此。花梗也细瘦而干硬,拿在手上轻飘飘的,看不出它和原来那朵水灵灵的花有什么相同之处。我将其一一放进铁盒子,轻轻晃一晃,嘎啦嘎啦响。打开盖儿,是另外一种完全不同的香。到这个阶段,它的想法变了。凑到鼻子跟前闻,仔细分辨,如读哲学巨著,久久拿不开。这个香味有点拽,一时半会儿读不懂。我闻它,又像亲吻,深吻,骨肉一样连在一起。肉体和肉体在交流、私语。

接下来就是泡水喝了。它们的香味从水中进入我的身体里。

等我死了,我们一起去往另外一个地方。我们在那里尖叫、欢唱。

跟着花朵到深圳

无论多么烦恼,一看到路边的花,心情就会逐渐平缓下来。那一朵挨着一朵的花,随着岭南特有的热风摆来摆去,一刻不肯停下。它们只是打一个招呼,说"你来了",我便不好意思再坚持刚才那个乱事缠身的我。

我不会向花朵诉说心中的不平,实在张不开嘴。面对着它们,就像面对着无辜的婴儿,握着他温软的手,被他牵引着走,沿着他的路径进入他的价值观。虽然我比他强大,但我不由自主地蹲下身去,跟在他的身后。

每朵花都有道理。粉色有粉色的道理,深红有深红的道理,浅黄、浅蓝也不例外。它们生来就晓得世间诀窍,打开的花瓣恰似一张一张的嘴,站在大街小巷,把该讲的都讲了,语言里还带着新鲜的潮气。

今天的花和昨天的花不一样,那是因为今天又说了不同的话。如果你没听懂,一定是彼此对视的时间还不够长,或者你想到歪路上去了。它会反复讲下去,直至枯萎。今年无效,第二年重新来过。终有一天,你会恍然大悟,搬走心里的石头,胸腹一下子鼓胀开。回头一看,花儿开得更艳了。

我喜欢拍照，把花儿们全都放进我的镜头，收藏在手机里。开会的时候，睡觉之前，蹲厕的时候，等候裁判的时候，打开手机相册看看，一看到形态各异的花朵，明白了所有道理都在盛开中。它的盛开中有土、空气、阳光、水，这些基本的东西，植物需要，人也需要。植物消化了，人还没消化。花儿就把它们指给人看。

那些凝固的嘴巴，貌似说什么的都有，七嘴八舌。其实那些话是我强行加在它们身上的。它们说出的也许只有一个字："笑。"

它们只会笑。

谁见过一朵悲伤的花？

凝视着花儿，我仿佛接到了神谕。它们让我看到了自己的"小"和年华的短暂。

所以每一朵花都要向着道路开放。

乡村有一个词语是"漫山遍野"，在深圳，则是"街头巷尾"。花儿把笑正面展示给每一个路人。向日葵每天把脸朝向太阳。太阳不在的时候，向日葵就找不到妈了。但没有一种叫作"向日花"的植物。道路在哪里，花朵就朝向哪里。路人经过，无论从哪个角度，都迎面撞见它们，躲都躲不开。

花朵不具攻击性，面朝着你也不让你感到压力。有一天我看到一朵花背对着道路。鲜红,站在一根细长的枝条上,隐隐露出后背。它为什么要这样?我想了很久。也许是它走错了路,沿着相反的方向走去。它发现了另外一个世界,越走越快,刹不住车了。也许是它不愿意和其他的花儿一样。它是一个有个性的作家或者艺术家。也许它有意识地指出和其他的花朵不一样的方向。也许它刻意把背面留给行人,告诉行人,花朵的背面也是美的,它要将美昭告出来。它背负了所有花朵的重托。

最大的可能是,它知道道路的背面也会有人走过来。它要让那唯一不同的人也看到正面的笑容。

花儿不会忽略任何一个方向。

深圳的花真多。每一个季节都有属于自己的鲜花。每一天每一月,此起彼伏,笑声不断。走在路上,满眼的五颜六色。也不知道是谁给它们安排的,这么合理。它们不会扎堆在某个季节集体出现,而让另一个季节寂寞荒芜。它们照顾季节就像照顾爱人一样。

它们长相各异,我统称之为"花"。其实它们都有自己的名字。蓝花楹、火焰木、鸡蛋花、大叶紫薇、薰衣草、禾雀花、曼陀罗、龙吐珠、炮仗花……听名字就能看到它们呼之欲出的样子。

一个名字对应一种态度,对应一种处世方式。

这么多花,我最熟悉的是深圳的市花簕杜鹃。它的叶片仿佛用粉色的纸做成,落在地上,很久都不会干枯褪色。深圳是个粉红的城市,就因为簕杜鹃太多了。其枝干像是藤条,一根一根缠绕在其他更高大的树木上,随着树木的升高而爬高。你可以看到几米甚至十几米高的簕杜鹃。罗湖区一栋楼房,簕杜鹃从一楼爬到八楼,像瀑布一样倾泻下来。更多的时候，它们一丛丛缩在墙角、路边，或者墙头上，不挑地点，不苛责风雨。人走着，会被突然冒出来的粉红惊一下。所以在深圳你简直看不到破烂的地方，也感受不到荒凉。花朵遮蔽了一切还不够完美的东西，让整个城市显得完美。

簕杜鹃还有一个更响亮的名字，叫三角梅。

还有紫荆花。我家附近的西乡河畔有一大片望不到头的紫荆花。春节前后是紫荆花开得最艳的时候，树上一片片的紫色，树下也是一片片的紫色。骑着共享单车从河边经过，车轮都会变紫。来一阵雨，落在地上的一层花瓣渐渐骚动起来，呈波浪状，缓缓淌进河里。半条河也随之变成紫色。紫荆花树比较遒劲，不少粗大的树干上非常突兀地长着一朵花。

还有一种花叫异木棉。我一度把紫荆花和异木棉搞混了。它们的花瓣相似，异木棉颜色比紫荆花稍微浅一些，是娇媚的粉红色。如果我说异木棉是紫荆花的妹妹，估计它们不会反对。异木棉一般是在秋冬季节狂开。

花儿们具体开在哪个季节，谁也说不清。树挪一地，生理即有变化。深圳的木棉花一般在阳历三月份开。那年春节我们一家去海南三亚旅游，看到那里的木棉花开得正艳，硕大的花朵落得满地都是。比深圳大概提前了一两个月。木棉花也是一种常见的花。木棉树似乎没有叶子，红彤彤的花朵一朵一朵孤零零挂在高处。也不知道它们为什么要躲那么高。它们在害怕什么，还是要到更高处去寻找什么？但最终它们还是要落到地下来。

我本能地要说"爬得越高，摔得越重"时，赶紧闭嘴，收住了这种无知的想法。

五月份的凤凰花更为醒目。一簇一簇的红从树上蔓延到街上，从街上蔓延到天空。天空从蔽日的红色缝隙里漏出一点点蓝。你可以认定这个世界本来就是红的，永远也改变不了，发生多大的事，遭遇多大的灾难，这种红也不会消失。但不久之后，红色变成了其他颜色，你又觉得无所谓。世界还是那么鲜艳。红虽然走了，但是印记还在。

还有很多花，我无法叫出它们的名字，这样保持一点距离挺好的。我怕万一叫出名字，它会害羞，从此再不肯见我。

忘了听谁说过，鲜艳的花大多有毒，比如夹竹桃，粉红里隐藏着锋利的刀剑。动物也是越鲜艳危险越大，毒蛇都很鲜艳。我不忍心这样去界定花朵。花儿们没有想害谁，只是自保。美丽的花总是遭受无妄之灾。没有爸爸妈妈兄弟姐妹保护它，它们孤单单地在这个世界上，把心里的苦变成柔和的彩色。你不去撕扯它，伤害它，它就没有毒。

你们只是相互看着，它就是美丽的。

云南的花，好多是可以吃的。我去云南品过鲜花宴，还尝过鲜花饼。我在深圳还不知道哪种花可以吃，只知道木棉花可以泡茶。这里的花有这里的表达。它们不是通过你的胃，而是通过另外的方式接近你。

我是被一朵花押解到深圳的。

二〇〇九年的深秋，我乘飞机来到岭南，从宝安机场转乘公交车，一路走下去。路边绿化带上，一朵红花爆炸一样闯入我的眼睛，无端地，我差点流出眼泪。此时的东北已是秋风萧瑟，黄叶在空中一片追着一片，我穿着厚厚的外套登上飞机。在花朵附近，我脱掉了外套，只穿一件短衫。温润的空气轻轻触动着我的汗毛孔。

公交车在一个和另一个被称为"街道"或者"镇"的行政区域间行走，我看到的是一座一座的高楼大厦，还有高楼大厦之间林立的呆板的农民房。后来我知道那叫小产权房，它们都价值不菲。但我的眼睛被接下来一簇又一簇的连绵不断的花儿吸引住了。那些花儿填满了城市的每个空隙，完全无视我，兀自在那里开着，想着自己的事。它像一个低头看手机的美少女，我却是一个情窦初开的男青年。擦肩而过时，我被她艳丽的容颜所吸引，要追她而去。

那一刻，我下定了要来深圳的决心，仿佛听从了神谕。

一片花海向阳开

当我蹲下身给这些花拍照的时候,发现它们每一朵都动个不停,仿佛挤在一起的一群小老鼠,你推我搡,勃发着原始的生命力。风大的时候,它们摇摆得剧烈。风小的时候,它们摇摆得轻巧。莫非风是始作俑者?可没风的时候,它们依然悄悄地动,伸一伸胳膊,歪一歪脑袋,或者扒拉一下旁边的花。推动力应该不是外力,是源自内心。它们找各种理由要动一下。我镜头中的它们,一半都是虚的,不足以体现本人摄影水平。我端着手机耐心等待。小时候,在冬天的雪地里支一个箩筐,下面撒些麦粒儿。馋嘴的麻雀一蹦一跳在下面啄食,边吃边警惕地左看右看。我躲在远处,伺机猛拉手中的绳子。麻雀被扣在箩筐底下。现在我也在和花朵比赛,看是它逃得快,还是我的手机捕捉得快。

唯阳光能让它们平静下来。阳光有重量,金色,从天而降。好像遥远的上面有个人,拴一条绳子,放下一坨一坨的金块儿,压在花朵上。叶片都乖乖就范。阳光越亮,压得越紧。我对着它们啪啪猛拍。回头看那些照片,花朵都闪着金光。我知道,那其实是两种事物:一是花朵，一是金块。

花海坐落于深圳市一个叫"光明"的地方。当年此地为华侨农场，现在成了一个独立的区。

两千亩的花田，极目远眺，让天空显得特别低，天和地几乎连在一块儿了。游人往那边再走近一点儿，个儿高的，会被天和地夹住，个矮如我者，直接淹没于缝隙中。花田像一个一个的方格，有的方格大，有的方格小，一个方格一种颜色。红的、白的是百日菊，粉的是波斯菊，深黄的是黄秋英，浅黄的是油菜花。红、白、粉又分几个层次，所以姹紫嫣红，非一词可以描绘。只有到现场，才见其斑斓。

一同赏花的朋友说，其实每一朵花都是不高兴的。它们不愿意和相同颜色的花挤在一起。闻此言，我想问问那些花，到底高不高兴。转念一想，问也白问。朋友是位有个性的作家，不愿同流合污。大众是他的敌人。某些时候，我也同他一样。但此刻，将心思寄托于花海，不免武断。人类常常以物言志，以物喻人。事物多么无辜。我相信每种事物都有完全不同于人类的逻辑。如眼前的花，它们长在大地上，一辈子不离开扎根的那个小坑。它们生命短暂，一岁一枯荣。它们靠天吃饭，对水、太阳以及肥料有相当的要求。它们招蜂引蝶以繁衍后代。人类一辈子走来走去，好高骛远。人类生命漫长，童年青年中年老年按部就班。人类创造力强,战天斗地,把湖水填平。人类和花朵差别这么大,生活逻辑怎么能一样呢?我曾试图进入花朵的逻辑,但越走越像个迷宫,只好退出了。我喜欢拍花,从各个角度拍各种各样的花。早晨拍,晚上拍,每个季节都拍。我希望看到立体的它们。我不知道彼时的它们是高兴还是不高兴,也不愿去猜测。瞎猜都是对它们的不敬,都可能伤着它们。我只管拍下它们就好了,为其立此存照,不带任何价值判断。如是,花儿与我,都很放松。

正逢三九节气,北方已是极寒,大雪压青松,青松挺且白。微信朋友圈拉近距离,南方的花海一定是要炫耀的。我发了九宫格图片,安庆朋友老魏惊问:"怎么有油菜花?你们那油菜开花了?"这还是个走南闯北,见多识广的人。凡事需亲眼所见,便见怪不怪。别人拍再多照片,发再多文字都无法替代身临其境。遂答:祖国又伟又大,你要相信各种可能性。

我还想说的是,人们总以为花草树木跟着季节走,其实它们是在跟着温度走。在深圳,木棉一般在三月开花,如果一二月份过暖,木棉也会毫不犹豫地变红。炮仗花本是四月的宠儿,今年二月份它们就绽放了,爬在墙头上,红得耀眼,一嘟噜一嘟噜的,仿佛在为春节炸响。很长时间里,季节是和气温绑在一起的。冬天冷,夏天热,春天暖,秋天凉。殊不知偌大的星球,这只是一部分规律。更多的规律都在形成和变化中。而在深圳,温度和季节本不亲昵,各行其是。花朵左右打量,无所依傍,便随着自己的心情开放或者凋落。季节并不怪罪它们。

在一些乡村,花海并不稀奇,远比光明的花海更漂亮,种类也多,

满地的格桑花和油菜花,叽叽喳喳说着它们彼此可以听懂的话。

面积也大。周围还连着农田,浑然一体的感觉。恰是这浑然一体,让花海不再突兀和奢侈。深圳的花海,与高楼大厦比邻,这边厢散发着金钱的气息,那边厢散发植物的清香,和谐相处,难能可贵。

我们只是走马观花地看一看。两个小时对两千亩花田的打量,必然是浮光掠影。站在海边,只看到了蔚蓝和波澜壮阔,无法探知每一朵浪花的喜怒哀乐。面对花田,我无法走近每一株花,它们也无法走近我。在我上班的路上,有一株美丽异木棉,每年冬季开得特别灿烂,大朵大朵粉色的花挂在半空中,一挂就是两个月。我就像学习射箭的那个纪昌,每天看着它,越看越大,花瓣都伸到我的车窗里,花蕊划到了我的脸颊。整个冬天,我都被这一株异木棉笼罩着,直到花儿凋落殆尽,仅剩几朵,依然七个不服八个不忿地热烈。眼前这片花海中的花,我来不及把它们越看越大,便要离开了。

那么多的游人集中在道路上,并不显多,花田稀释了他们。人如蜜蜂一样簇拥在一起,点缀着花田。这是个普通的冬日,我们一行三人,穿着衬衣、裙子,在花间乱窜。还有人穿着短袖,阳光在他们的皮肤上一跳一跳。每个人脸上都被花朵映照出了褶皱,仿佛可以看到他们体内的勃勃生机被鲜花引发出来。只有一个中年男人表情不同。他挂着双拐,中等个头,面容肃穆。身后是一个老年妇女,推着轮椅。中年人凝望着大片的油菜花,一动不动。我走出好远,忍不住回头,见他还是原来的姿势,身形和花朵一起,在我眼中越来越小。

杠上开花

取名"杠上开花",其实是想描述"树上开花",以"杠"代"树",凸显其强烈对比。

幼年成长于北地,树木三大金刚,杨树柳树榆树,均不开花。(注:后查资料,显示它们似乎也开所谓的花,而我从未得见。)

村内的杨树,不像树,被鼎沸的人气和牛粪马尿围拢着,如同圈养在鸡窝里的藏獒,有志难申。村外宽敞高阔,道路渺渺伸向远方。杨树立于两旁,树干白色,笔直,如箭穿云。树叶哗啦啦作响,除非落在地上,一生都在拼命挣往天空。雨后的土路颠簸而泥泞,也黏不住杨树向上的鞋子。天上到底有什么呀,想想也挺让人好奇的。杨树外表极具正能量,其实做板凳、做桌椅,并不结实扛用。

柳树要接地气一些,多在坑边。华北平原少河流,但村中坑坑洼洼,盛雨后积水,日久天长,竟也似小湖。无人特意种植,有湖即有柳,如有水便有鱼。从天而来的这一汪水,左拥右抱,该有的都有了。不同于杨树,柳树常常歪斜,一半在岸边,一半在水上,枯后无人打捞，树干成为洗衣妇的参照物。"到树边洗衣去"，这样一招呼，彼此心知肚明。树干亦是孩子们的玩具，骑在上面打水仗。终有一次，树干翻过来，将其中一个孩子死死压在下面。等捞上来，不幸断了气。

一般家庭院子里，鲜植杨柳，多种榆树。榆树不直也不歪，也不成材，但好养。在水土贫瘠之地，扎根枝条就不用管了。春天会长出榆钱儿，从枝上捋下来，可生吃，可拌以玉米面（俗称糁子），上锅蒸熟，滴几滴香油和盐，名曰"拿狗"（写作"拿糕"似更合理），在贫穷岁月可代饭。榆树招虫，一寸多长，黑色，有细毛，爬满树干，望之顿觉头皮麻酥酥，发根耸动。还有的吊着丝线从枝间垂下来，仿佛小人国里的小人在荡秋千。村民走得急了，虫子会荡到嘴里去。

以上几种，倒有柳絮、杨絮之类。和暖的春风中，在化了冰的泥地上滚来滚去。风若大点，还能沾到头发上，怎么都摘不干净。

开花的植物也有。吾地产枣。村外成片的枣树，夏日枣花盛开，空气里弥漫着清甜的气息。枣花甚小，捏在手中如米粒，远望一片浅黄色。放蜂人驱赶着马车前来，在树下搭帐篷，把一个一个方形的箱子排列好。我等孩童当然买不起蜜，有时候会偷着捉一两只蜜蜂，掰开肚子吃那里面的一小点点蜜，挨蜇也就免不了了。枣树的枝干极硬，上面布满小刺。树干上趴着一种名为"八角"的小虫，长方形或者六棱形，淡绿色，身上不知长了什么东西，不小心触到，皮肤红肿，奇痒奇痛。树叶中间隐藏着大肚子螳螂，举着锋利的前爪，踮着脚尖走路，一刀下去，正在盲目歌颂的蝉，瞬间变成盘中餐。

枣树林旁边还有苹果树和杏树，均开花。花期不长，或白或粉。我家先后承包过苹果园和杏树园,果实不涩口时,便在园里搭窝棚,埋锅造饭,日夜驻守看护。而开花时,不算自家的花,随人进出。谁会来赏花呢?花再漂亮,也不能吃。村民和园主,关注的都是能挂多少果,能卖什么价。每个春天,杏花和苹果花都枉费了心机。

我作为园中主人,三十年后回忆起来,仍想不出花朵的样子。树们开花或不开花,在我心中总不是花。花儿们地下有知,也许会恨我吧!

还有槐树。槐树籽乃中药,被主人用铁钩子一串一串地拽下来,拿到乡里卖钱,叫人艳羡。槐树亦开花,可食,据称多食有毒。吃过一朵,甜丝丝,不觉其美。或是腹内缺油水,凡不能带来油水的,或甜或香,不过表面文章,骗不了肚子的。事后想不通,槐树经济价值高,可卖可食,村中土地肥瘠相似,为何不家家户户都种?

概括如下:故乡之树,只见树,不见花。有花似无花,无花更无花。此奢侈之物,到深圳后方凸显出来。

深圳的很多树都开花。

春日木棉。高大的树木上,迸出一个个花朵来,通红通红,无杂质,肥硕厚重。落在地上,似有"咣当"之音。其象征意义浓厚,它一开,春天就真正来了,像是春天的先锋官,令旗一甩,万物皆应答:知悉。

王国华有诗赞曰:枝头遍染红彤彤,二月木棉露峥嵘。百花争艳情切切,春来伴香意重重。人间芳菲应有尽,浓肥丹赤却无穷。笑看夜来风雨疾,零落成泥还是红。

多数人像我一样,都把目光凝聚在这些花上。什么树干啊,什么果实啊,无所谓。

按植物生命规律，花乃果实之前奏。果实才是植物的定盘星。若花整日聒噪，岂非喧宾夺主？但大家都这么做，不觉成另一种常态。

正如夏日之夹竹桃，于路边绿化带中，绚烂成一条纯白色的长带子。名为桃，谁见其果实？花朵已成整株树的生命核心。花开即生，花落即逝。桃之有无，已非重要。我开着车数次从旁经过，固然好奇，却没一次想到要跑进绿化带的草丛里寻寻觅觅。顺着河水，坐在小船中，从北方漂流到南粤，所见所闻，令心境越来越从容。

若偶然出现果实，反大吃一惊。如美丽异木棉，是秋冬之交，最绚烂的树种之一。我曾多次在文章中提到它，彼此早由新友成故交。其花纯粉色，巴掌大，满树的花朵能把蓝天染粉。忽一日，花朵陆续落下，奇崛的枝头，挂了五六个酷似芒果的东西，长圆形，新绿色。此处竟有果实？！竟有果实？！无数个问号和叹号在脑子里盘旋。后问方家，方知确实。此果成熟后，厚厚外皮会自然脱落，露出里面的一团团白色絮状物，柔软而保暖，可做枕头的填充物。

又如冬日之紫荆树，似插了满脑袋大花的傻丫头，头大体小。街头一行行，散发着暗香。为表其特立独行，有的花直接长在树干上。冬季多晴天，灰尘悄悄爬进花瓣。需待雨，清洗一两小时，停，雨后的太阳一照，清爽干净，紫得透明。偶有晶亮的水滴啪嗒落下，衬托紫荆花之妩媚。这样的花，还要果实干什么。

更如鸡蛋花、风铃木等，各式各样的花朵，虽委身于树，并无依附感，反而有"我的地盘我做主"之意，真如杠上开花。有树干和枝条支撑，诚然好；若枝干撤走，它们不一定跟着走，甚或坚决地留在半空，就那么悬着,也不突兀,不散不乱不凋谢,自成一体。所谓皮之不存毛将焉附,对它们来说,只是一句无关的成语而已。

　　花朵之独立,对枝干并非不恭。枝干亦坦然,绝不追问谁主谁次,亦不必为花之鲜艳与否心怀自责。花有花的事儿,它有它的事儿。在一起时,路人看到的是满树鲜艳。花朵凋零时,树干仍顾盼自雄。此正是相得益彰。

　　北地之树,无花,或有花而为果实湮灭。南地之树,花即一生。两者之迥异,却似真理之两极,岂有谁优谁劣?无此对比,怎知枣花成蜜之前的隐忍之美;无此对比,又怎知紫荆花之独立亦是一个大局。吾生长于北地,倚北方之树,绽放于岭南,仰南方之花,心安矣。

依稀仍是"死不了"

童年的颜色灰突突。除了黑白,就是昏黄,不见亮丽。花朵这个词语只在课本里见过。四年级的某一个夏日早晨,暴雨过后,华北大平原上空遍布湿润。学校门口的泥地上突然钻出一片赭红色植物,细茎,长着几片绿叶,头顶花苞。第二天,它们以迅雷不及掩耳之势纷纷绽开。那是我生命中第一次见到红色的花。我不敢确定此前是否真的没见过花朵,但此刻的花是使我轰然醒来的第一簇花。我细微的汗毛在风中战栗,呼吸有点急促,小心脏怦怦怦地跳。本家伯父王九文是我们的语文老师,他蹲在地上,拿一根树枝把倒伏的花茎扶起,说,这花叫"死不了"。

后来知道它还有一个名:太阳花。因为它是围着太阳转,还是长得像太阳?两者似乎都对。我对此并不关心。

彼时的故乡,只有"死不了"才能活下去。对环境稍微有点要求的,都得另寻出路。土地贫瘠,地面很硬,旱时旱死,涝时涝死。"死不了"紧贴地皮,见缝插针。它对高度严格自律,不会超过五厘米。若志向未了,或变粗，或横向爬行，仿佛高处有它的死敌。它能看见那些东西，于是望而却步。人类看不见。

再见"死不了"，是在外漂泊多年以后。我辗转东北、岭南，见证了国土之广阔，生活之起伏，时光之倏忽。伯父去世了。父亲心脏不好，天天吃药。母亲头发花白，牙齿几乎掉光。每年回乡一次，生活悄悄变化一点。忽然有一年，看见院子里长满"死不了"，沿着树枝扎成的篱笆，一坨一坨地，各自张扬着。它们匍匐在地，仰视着我，令我汗毛耸动。

如果说这是第二次见到花，肯定与事实不符。只能说，这是小小的花朵第二次在我心中炸开。

日渐年迈的父母，他们终于奢侈起来。满地的"死不了"，还有香菜、胡萝卜、大葱、小白菜、香椿叶、冬枣、柿子、金丝枣等，星罗棋布在看上去有点清冷的院落中。在童年和少年时，每一种都可以影响我好几天。一家四口人艰难度日，不经意间听到别人奚落我的父亲，我就特别想拥有这些东西。我用手点指："看我身后，有这么多可以吃的东西，你敢欺负我家？"

如今父母身体衰老，但精神很好。父亲在街头跟人吹牛说，除了王××（房地产老板，本村首富，县城一半房子都是他开发的），自己是最富的。我想，可能他是自恃一院子的物产，年年生生不息吧。

同样的土地，为什么以前什么都缺呢？

"死不了"有点像东北的车轱辘菜（某些地方也叫车前草），不怕碾压。红的黄的粉的，见到阳光就热烈开放，天黑后花苞闭合。它们似乎不需要多少水，又不怎么怕水。旱也旱不死，涝也涝不死。秋日霜降之后，花苞枯萎，中间生成一个包裹，内藏无数花籽。一旦破裂，花籽四散在地上，针尖大小，黑黑的。我捡了一些，装进塑料袋。

我说要带它们去深圳，让它们在我的卧室里成长。

同期带回的还有几粒牵牛花籽，豆粒大小，体积是"死不了"花籽的好多倍。同时撒在花盆里。不久，有萌萌的小芽钻出来，心中暗喜。它们像我一样强壮，北物南移，亦可安家。再长大些，原来是牵牛花。而且，牵牛花长到十厘米左右停住了。花盆太小，它无处攀缘，即使我在里面插了根木棍，它也无精打采，懒懒地往木棍上搭了一下，很快死掉。

"死不了"始终没长出来。它们被这陌生味道的泥土吓住了，还是半路颠簸昏睡过去，至今没有醒来？我很想把它们一粒一粒地从泥土里抠出来，问一问。但它们太小了，撒进泥土就寻不见，已成泥土的一部分。

"死不了"不是死不了，而是要拼命地活。别人是一粒种子一棵苗，它们是数粒种子围猎一棵苗，广种薄收。小小包裹里的数百粒花籽，有一个打拼出来，就能挽救整个家族。名为"死不了"，实为挣扎者。我不依恋其他植物，唯关怀这小小的"死不了"，或许是被它的名字攥住了。我甚至不在乎这种花长什么样，只想让这三个字在我身旁开放。但那么多的花籽，没有一粒给我面子。

诗人阿翔在深圳买了房子，邀请我和徐东去他家吃饭。阿翔站在厨房里,热火朝天地炒菜,他自幼失聪,与人交流时,用一种奇怪的口音说话。一次乘坐火车,他说话时有人盯着看,在场的诗人樊子便对那人讲,他是韩国人。乘客居然信了。阿翔说话我们听得见,我们说话他听不见。所以他除了碰杯就是低头夹菜。其妻小羊开朗健谈,领着我们每个屋子都转一遍,在我们一次次的感叹中,又让我们看阳台上的植物。

我发现了"死不了"。

他家的"死不了"太长,有十几厘米,伸出花盆边沿,软趴趴地耷拉着,使其显得怪异。如果花盆够大,长度翻倍都有可能。我的"死不了"是在坚硬土地上的,长得扎实,矮而结实。

阿翔作为流浪诗人,一度混迹在北京。有位诗人请他去参观新买的豪宅,阿翔等人辗转公交车,倒地铁,看完,人家连饭都没管。后来到了深圳,获得了爱情,生活稳定,还买了自己的房子,有一圈朋友。深圳让他"死不了"。

只是他的"死不了"不同于我的"死不了"。

我向阿翔夫妇索要几株,想移栽到自己家中,但吃完饭大家都忘了这件事。

过些天,小羊来宝安办事,给我发微信说,她带来了"死不了",放在樊子那里,让我有空可去取。

我和樊子隔着几公里,时不时就见个面。他见到我就说,哦,你还有盆花在我那里。下次我见到他说,哪天我去你那里取花。樊子说,我还给你浇花呢。再下次,樊子说,那盆花你还要不要哦。我说要哦。

终于有一天,徐东从樊子处回来,拎着一个纸兜,里面一个红色花盆,花盆里几茎软趴趴的,傻长傻长的"死不了"。没有花,只有叶子。

徐东说,要它做什么,里面好像还有不明微生物。

那些日子深圳连续下暴雨。大颗粒的雨点子强烈击打着伞的四周,使其向内收缩。闷雷一个接着一个。我一手举伞,一手拎着花盆,蹚着积水坚定地往家走。我也不清楚接回来的这个,是不是自己想要的。

绿萝绿萝你别走

满卧室的植物，发财树、白玉兰、红掌、多肉、文竹、菖蒲，一个一个死光，唯绿萝还活着。

像一切通俗故事那样，最不起眼的挺到最后。草根逆袭。

我把赤橙黄绿各种植物挨个儿搬回家时，花店老板慷慨地说，再搭给你一盆。

绿萝就是以这样的身份参与进来的。

卧室里盛不下姹紫嫣红总是春。地位最低的让路，所以绿萝避居阳台。岳父在阳台上种菜。彩椒、香菜、臭菜、小白菜、黄瓜等，是岳父放牧的羊群。以观赏为主，偶尔摘下来吃。阳台挤得特别满，植物们半夜为了争地盘站起来吵架。岳父哄了这个哄那个，好不容易摆平，又加进来一盆非我族类。

某一天我往阳台里瞅了一眼，绿萝上面布满灰尘。深圳空气清新，经常下雨。灰尘多，只能证明放的时间太久，让灰尘们有机会凝聚成堆。又过几天，绿萝不见了。问岳父，答曰，那不是假花吗？刚扔。这么久还绿着，以为是塑料的。我赶紧跑到楼下垃圾箱乱翻，居然找到。

拎起一看，还真像塑料。没人管，没人养，应该蔫头耷耳，垂头丧气，它不，肮脏的叶片不服气地挺立着。反其道而行之，违背了生存规律。

正好卧室里一盆红掌离世。绿萝被擦干净，填补这一空白。

也不知是我不适合植物，还是植物不适合我，一段时间后，植物们或枯或腐。为它们送葬完毕，面对着孤独的绿萝，黯然神伤。曾经多么热闹，转眼物是人非。起高楼、宴宾客、楼塌了，也就三四个月时间。绿萝没心没肺地看着我，像什么都没发生过。

我精心擦拭它，培植它，把全部心血倾注到绿萝身上。它的叶子真绿，油汪汪的绿，但是真脏。花盆里的土不知不觉掉下来，有的是被浇花的水冲入底座塑料垫中，再溢出来；有的是挪动时落到地板上。那点土，放在广袤的大地上什么都不算，但在屋子里就显得刺眼，还要收拾。人矫情，土壤没有立足之地，毕竟还有更干净的方式，即水养。

水养最省事。朋友告诉我的。

我收集了各种瓶子，把盆中独立成枝的绿萝一株一株撕下来，插进瓶子里。

太爱这些瓶瓶罐罐，个个像艺术品。我一度痴迷之，总能从它们工业化的造型中找到不平凡。它们的漂亮只是金玉其外，必须和"其内"共进退，即便"其内"是败絮。它们身世非凡，曾经装过药，装过酒、蓝莓汁、小吃、茶叶、干果，等等，等等。"其内"用毕，包装扔掉，被保洁员捡起卖到废品站，粉身碎骨，从头再来。现在省略了这些环节，它们直接获得新生。透明的，不透明的，玻璃的，塑料的，陶瓷的，不明材质的，装上水，微波荡漾，便是精雕细琢好风景。

掰下同样大小的两枝绿萝，一枝放进大瓶子，一枝插入小杯子。过些时日，大杯子里的突飞猛进，围着杯子扎一圈绿篱笆。若见过它初时的样子，绝对想不到它会长这么大。是瓶子怂恿了它，跟它说了悄悄话，做了大包大揽的许诺。绿萝不再犹豫，奋力而为。小杯子里的那枝，自动缩身。杯子可能什么都没说，绿萝自己感到了危机，不声不响自我调整。

　　杯子圆，它们圆。杯子方，它们方。它们不做突兀的事。不硬抗。先迁就离自己最近的容器，再融入周围大环境。绿萝互相之间并没沟通，随波逐流是它们共同的、与生俱来的价值观。

　　一个花盆里的绿萝，越分越多。我把它们摆在卧室的各个角落，再蔓延至书房、客厅、洗手间，以及厨房。厨房里的那一瓶后来被妻子挪出来。她说那里烟气太大，不利于绿萝生长，其实妻子视其为潜在危险，担心不小心撞倒花瓶，扎了手脚。

　　植物的命运走向，因它们完全不知道、想象不到的理由而被进行各种选择，除了听之任之，似乎也没办法。

　　绿萝在我的家里奔走。有的快跑，有的慢跑，有的爬行。它们的姿势貌似定格，殊不知第二天便小幅度位移，三天两头换个面貌。它们大的大，小的小，竞相开放，互相补台，形成一个完整的闭合风景园。直到我把最后一条绿萝连根拔起，洗干净，插进一个笔挺的玻璃瓶里。花盆扔掉。

　　看过一个视频。演员站在舞台正中央唱戏，镜头扫过每一个伴奏者，长久停留。那些拉弦的，打鼓的，敲锣的，每一个都青筋绷起，肌肉颤抖，超大的动作幅度，表情随剧情和动作变化而随时变化。台下的观众看不到主次，眼神瞄到谁，谁就是主角。恰如满室绿萝，嫩绿、深绿、浅绿、明朗的绿、暗淡的绿，迸发着姿态各异的生命力。

还有我看不到的，它们净化了空气，并释放我需要的氧气。

如果我懒，可以不用给它们换水，适当加水即可。有时不注意，只剩一寸水在杯子底部。绿萝褐色的细根紧张兮兮地捏着那点水，生怕被夺走。上面的枝条和叶片则东张西望，似在找寻其他出路，又似在呼救。我倒一缸子水进去，它们集体大喘气，安静下来。绷起的叶子舒展开。这样的情况并不多。闲时浇花，和一株绿萝对视，乃生活常态。它们应该比我更有安全感。

也想过这个问题：一个人，从生到死，从稚嫩到苍凉，体态发生变化。绿萝呢？深圳气候适宜，有源源不断的水，它们会不会死？如果不死，我就得照顾它们到老。它们可能活得比我还长。如果死去，又是怎么个死法，是靠天灾，还是自然死亡？

某天早晨，看到一片叶子悄然枯黄，确定不是病虫害。

我心里踏实了，把它从晶莹的广口瓶里捞出来，扔进垃圾篓。一片叶子死掉，就会有第二片叶子，第三片和第四片。根须由褐色变苍白，粗壮变纤弱。

绿萝创造的再度繁荣，也因为有了退出机制而趋于萎缩。瓶罐里的成长总会遭遇天花板。它们适应了瓶子，瓶罐呵护了它们，成就了它们，也限制了它们。它们在瓶子里长大，却无法分蘖，枝条上没有新的叶片生成。叶子枯萎一片就少一片，再无增加。

当一半的绿萝变瘦，瓶瓶罐罐扔掉一半，我意识到问题的严重性。

如此下去，它们和最先离世的植物们除了死法不同，也没什么不同。我早晚将像失去红掌一样失去绿萝。

我买回一个大花盆，从路边挖了一点土，把水瓶里的几根绿萝挪回去。

回归真是痛苦。我能看出来。毕竟已适应了自来水的波澜不兴，干净和孱弱。根须被强行插在了土中，绿萝挣扎着要跳出来，像不会游泳的人在大海里扑腾，叶片扭曲，时枯时荣，抓住盆沿儿摇晃。土壤里的元素每次以新的方式进入它们的身体，都带给它们撕心裂肺的痛楚。

土壤包围着它们，并无陌生感。见多识广，曾经养育过万千植物的土壤，对谁都没敌意。它安抚着绿萝，仿佛抚摸失散多年的儿女，慢慢让它们恢复了平静。一天不行两天，两天不行三天。

逐渐地，叶片重现生命的油亮。嫩芽悄悄从叶片的腋下钻出来，一片接着一片。慢而坚定，不可阻挡。

土壤中的绿萝越长越大，遥望着不远处水瓶中的绿萝。

在水中，绿萝的长大就是死亡。死亡紧追着死亡。

在土地里，绿萝不断滋生，根须蔓延，叶片更新。它们的死就是生，生就是死。水中没有轮回，土壤里有。

有了它们，我就不担心水瓶中再无新生命到来。轮回与消亡并行。我的卧室里生机一片。

日遇三毒

开门进屋,口渴难耐,端起一杯水,一饮而尽,又拿起桌上一个桃子,咔咔吃掉。躺在床上休息,忽然想到,还没洗手啊!而我的手刚刚接触了海芒果的花。

站在水边的海芒果树,窄叶油亮,密密麻麻,衬托出一朵朵精致的白花。均五瓣儿,极像旋转的风车。蕊中粉红色打底,内有一黄色的微型风车。不知是花瓣风车孕育了蕊中风车,还是蕊中风车延伸出花瓣风车。风来,花似转非转,非转又转,令人神思恍惚。海水一波一波地冲上来,哗啦,哗啦,像要跟这花朵说点什么。需凑近了说。花朵不答言,它似乎知道自己有毒,连语言都有毒,一张嘴就伤着海浪。岂止是花,海芒果浑身上下,叶、果实、根茎,均有剧毒。

这些漂亮的花,与动物有所不同。动物越是皮鲜鳞艳,毒性越大,如眼镜蛇、银环蛇,如树上的褐边绿刺蛾(洋辣子),其肉不可食,其身不可近。状貌便是语言,鲜艳非吸引,乃警示和拒绝。植物没这么多说道,美艳是本能,与是否有毒无关,如鸡蛋花、木棉花,清丽可人,可食可泡,可堪攀折。海芒果做了相反的选择,

毒,就是多了;稀释到一定程度,便成药。

好看就好看，且让你看个够，然后，只可远观不可亵玩。

而它周围的植物全部安然无恙。住在树下的鬼针草正茂盛地成长，小白花在阳光下熠熠放光。一株扶桑，目不斜视，鲜红欲滴。大家都站在自己的土地上，哪一棵草会没事找事跑过来触碰它并中毒身亡？当然它也不会跑过去跟别人吵架，不会因为争夺土地和阳光而大打出手。

另一种植物，叫作薇甘菊，攀爬类植物，可以缠绕到高十数米的大树上，也可以钻到长满硬刺的藤类植物胳肢窝里，见缝就钻，就高而爬。不是人类的毒，却是其他植物的死敌，其身内部可以分泌出一种化学物质，令被缠绕者大片大片地枯萎。斩草除根也不过如此。它的小白花穗，仿佛其他植物的花圈，散发着死亡的气息。

在海芒果这里，所谓的毒，只是自保的一种武器。它把毒藏在身体里，绝无薇甘菊的攻击性，也不阴险。人不犯我我不犯人，人若摘我果实，掰我花叶，便与你同归于尽。做它朋友，做它邻居，没什么事的。

我那不经意间的一碰，幸而无恙。

恹恹的午后，走向屋外。夹竹桃在绿化带上静默如睡。远看一条线，近看一片林。花朵抖抖索索，挽着手，掩埋了长条状的叶子。雪白的花没有香味，粉色和桃红的有香味。此物亦毒物。我走过去问，一株植物，为什么要有毒？人类和植物是可以对话的，方式是，盯住一朵花，不要走开，除了眨眼，身体任何部位都别动，五分钟后，你一言，我一语，答案就出来了。我多次跟周围的朋友说，花会讲话，也能听懂人言，但你们总是匆匆而过，或者只顾拍照合影、P图，何曾想到蹲下身，认真听它们说一句话？你们错过了花朵多少富有哲理的自语和诗歌一样悠长的抒情。比如此刻，花瓣轻摇，我盯着夹竹桃，慢慢地就听懂了。它们最初也是白纸一张，不知道上面会画出什么。它们也有细胞，各自在体内按部就班地长大。其间，某个细胞受了一点小小的委屈，它哭泣、踢打、抗议，没有谁来抚慰它，将其拉回至原有轨道。它发生了变化，长大一些，有了力量，带动周围的细胞发生变化。日复一日，夹竹桃走到现在这个样子。这样的偶然，似乎是必然，却又是纯纯的偶然。等到它体内流动的汁液中遍布了毒素，回头看，最初那个细胞淹没在众多细胞中，已经找不出是谁引发了偶然。长成之后的委屈，比最初的委屈丰盈、炫目，成为另外一种委屈。有一种动物——山羊，生生死死都是委屈的样子。夹竹桃则是委屈的植物，但委屈从何而来，如何终结，无人能够给出答案。

世界再也回不到过去，夹竹桃已适应了用这种方式跻身于郁郁葱葱的林木中，它们构成庞大的树丛，不再纠结于有毒或无毒。毒，是自己的一种姿态。它抱着自己的毒，如同抱着自己的孩子。那是它的一部分，跟别人无关，已非某个细胞造就了委屈，是天地孕育此物也。

傍晚时分，无风，热转温。又被路边的海芋闪了一下眼。它那硕大的叶子，小伞一般。夕阳铺上去，令其半明半暗。叶子兜住一根绿色旗杆，上面顶着个红色的棒槌。再形象一些，就是玉米穗。籽粒饱满，明亮的红。用手捏捏，较软。不敢再捏，直觉其不善。海芋又名滴水观音，岭南地区最常见的植物之一。一友曾言，他们在开学生大会时，忽然下雨，校领导还在上边讲个不停。友人随手掐下旁边滴水观音的叶子，顶在头上避雨，手指上沾了些汁液，不小心抹到嘴边，很快嘴就麻了，接着舌头也麻了，恶心要吐。赶紧跑到医务室求救。校医说，幸亏你只接触了一点点。再多一些，有丢命之险。

闲聊时，友人忧心地说，好多植物明明有毒，人们为什么还要种植呢？

此一问题，无数个答案等在那里。其一，它们有用。海芒果可做强心剂，谨慎用之，即为药。它们好看，可为风景。夹竹桃种植在山坡，可防滑坡；隔离带中种植，可吸汽车尾气。其二，它们的毒，皆是有心人的手段。人心若无毒，不欺它，不以其害人，它们便无毒。正如超市里的菜刀，刀刀可毙命，若只切菜，便让日常生活更方便。另，不大张旗鼓挂牌告知，或为避免成为一种犯罪提示。此为两难，干脆不为。其三，有毒的植物，或只是自生自灭的，并非全由人类栽种，正如眼前的海芋，种与不种，它们都在那里。它们属于土地和大水，本不属于人类的，生生世世，凭什么由人类做主。

很多问题，不问还好，一问便俗；不答还好，一答也俗。

这一日的遭遇啊，心惊复平。世间万物，一多即毒，即如米饭白菜，吃多亦撑，或可致死。每种植物都有谨慎、委屈和提防，最终又都放开了谨慎、委屈和提防。日遇三毒，再与它们相遇，便各自安然。

寻花记

微曦。在鸟鸣中醒来。那清脆的叽叽喳喳声经过窗玻璃的过滤,更显悦耳。我知道,鸟儿们是在唤那些花。惺忪中,可以想象出蓝星花正伸着懒腰,巴西野牡丹和栀子花的花瓣应声张开,露水从上面滚下来,深圳的一天就这样开始了。约九百六十万平方公里的土地上,以花著名的城市也多,而深圳便是低调着微笑的花城之一,只是"创新之城""经济特区""智慧城市""图书馆之城"等标签遮蔽了其自然之美。只有生活其间的人,才更流连、沉醉于这种上天的赐予。有几年我曾走遍大街小巷,寻花写花,记下枝头上、草丛间的点点滴滴。

在山里,我会遇到各种野花。从某种意义上讲,深圳也算个山城。以我居住的宝安区流塘路为例,周围三公里内,有岭下山、企龙山、平峦山、铁仔山、尖岗山、大井山等众多山川丘陵,虽不甚高,但足够人们踏足之用,由此也养成了深圳人爱爬山运动的习惯。每到周末,呼朋唤友,短裤运动衣齐上阵,还有骑行队,整齐划一地擦身而过。有一些花喜欢长在山坡上,开着小白花的水茄、紫色大花的山苍,以及浓缩版向日葵般的蟛蜞菊。

我顺坡溜下，蹲下身，拿出手机，只要对准它们，它们就摇摇摆摆，哪怕没有风。这些花都是有灵魂的，还知道害羞呢。友人在微信上传给我一张照片，说，给你提供一种没有见过的花。我回复：没用。每写一种花，必须亲见才行，至少要对视五分钟，甚至长达一两个小时，这样，我才能知道它要对我说什么。别看它站在那里没动，但地球在自转，太阳升起落下，这些都会影响到它。花瓣一闪躲，我就看到了悲喜。

公园里的花就更多了。这是周末寻花的重要去处。与外地朋友闲聊，我说深圳不到两千平方公里的土地上有一千多个公园，他大吃一惊："怎么可能？"我也就此事问过一位退休的知情老人，他说，深圳的公园大概分四类，即市政公园、社区公园、森林公园、郊野公园，还有一类属商业经营性的主题公园，如世界之窗、欢乐谷等游人必至的景点。社区公园乃深圳独创，在城市建设中形成的一些边角地，千把平方米到几千平方米，建不了大型的市政公园，便因地制宜，种些花花草草，螺蛳壳里做道场。

是的，我家附近便有这样一个公园，夹杂在林立的农民房、商品房、写字楼间，转一圈也就五六分钟。这个公园可是费了心思了，细微处精雕细琢，显眼处突出特点，里面居然还有个小广场。微风轻拂的午后，两个人在广场中间跳舞，很慢的那种。有了人，公园就活了，他们恰如公园睁着的眼睛。拥挤的树木，高高低低，仿佛人影错落有致。高的有榕树、吕宋鹅掌柴，脖子仰成直角方能看到顶。中等的如铁刀木、决明子，可以清晰拍照，花朵在镜头里朵朵欢笑。低处的蒲葵、滴水观音、洋金凤等，各自据守着地盘。公园虽小，天长日久，熟悉这里的一草一

凤凰木是深圳春天和夏天交接的见证者。

木，便见其大。我常想，将来退休，一定要把这些公园都走个遍。每天走一个，也得三年时间啊。

河边和海边亦是寻花之处。深圳临海，岸边有不惧咸水的红树林。红树林是个总称，常见植物有无瓣海桑、秋茄、海芒果、蜡烛果等，都开花，此起彼伏，在海风中摇曳。河边的花多为人工种植。第一次在西乡河畔看到大片的美人蕉，真是被震撼了，一望无际的嫩黄，像语言，像歌声，也像是行动。那是专门用来净化水体的。我来深圳也晚，没有亲见原先的河流如何变成臭水沟，却亲见了臭水沟如何变回一条条白白亮亮的河流。死去的河水开始流淌，鱼翔浅底，鸟群姿态优雅地掠过。这种轮回，既要靠自然本身的恢复，也必然要有城中人的努力。放眼望去，花朵们沿着河岸，高高低低，有的站，有的半躺，有的扭头说话。它们当然是被人工种植于此。第一代严丝合缝地遵守了种植者的规划，到了第二代、第三代，种子自然撒播，成长于天地之间，吸收日月精华或糟粕，经年累月，也就有了野性。野生植物的落地扎根，是生命的偶然和造化；被人精心编排，亦为造化之一种。它们依然要遵守天时，按气温和水的多少，长大或者枯死。人类设计其开始，它们自己把握剩下的过程，并最终回归自然。

我在一个讲座中，曾经总结了"深圳十二个月"代表植物：一月白玉兰、二月木棉花、三月炮仗花、四月刺桐、五月凤凰花、六月龙船花、七月黄婵、八月兰花草、九月长春花、十月朱槿（扶桑花）、十一月簕杜鹃、十二月美丽异木棉。读者看到的是一个个枯燥的名字，我在写下它们的时候，眼前却闪现着它们恣肆的千姿百态。这是一份个人化的总结,夹带着我自己的心路历程和情感偏好,其实很多花都是一开几个月,甚至纵贯全年,比如深圳的市花簕杜鹃。簕杜鹃又名三角梅、叶子花、九重葛等,每次从外地回来,在宝安国际机场门口看到粉红的簕杜鹃,心中一块石头轻轻落地,也许这就是传说中的归属感吧。跟身边朋友提起来,多数都有同感。初到深圳时,随处可见的招牌上写着"来了就是深圳人",让人心里一暖。多年以后,深圳已然是故乡,潜意识里也已把簕杜鹃当成了自己的亲人。

最喜深冬季节的花。北方万木萧瑟之时,大团大团的紫花风铃木和红花羊蹄甲(即香港区旗上的紫荆花)点燃了深圳的天空,再寂寥的心境也会慢慢走向晴朗。后者散发着暗香,香味落在身上,久久不散。香分很多种,暗香是一种,还有浓香、清香、淡香、似有似无的香,其丰富程度,恰似深圳人故乡之丰富。在一个饭桌上,六个人来自七个省是常事。多出的那一个是怎么回事?原来,我自幼在故乡河北长大,算是河北人,又在吉林生活了十八年,娶妻生子,曾拥有吉林户籍。这样下来,一个聚会上再多出几个省来也不奇怪。来自五湖四海的人,都有机会酝酿各自的香,这个城市怎能不香?

天热的时候,出门寻花,我尽量不开车,而是选择公共汽车。非上下班时间,公交车上人很少,从冷气满满的车厢打量偌大的城市,眼看着这个地方又出现了一座立交桥,那个地方图书馆拔地而起,恍惚间,一会儿晃过一丛花,五颜六色,令人心情舒畅。触目皆是的鲜花不仅点染着生存环境,也间接影响着人们的日常情绪乃至价值观。公交车司机也不着急,看到过马路的行人,老远就停下了。车让人,在深圳早已经法制化。早些年，深圳就以交通违法处罚"狠"而著称，但也由此形成人们的守法习惯，进而成为一种道德。有一次我去影院看电影，坐下来，下意识地找安全带。到外地旅游，上车就系上安全带。司机问，你深圳来的吧？这样一听，心里还是有点自豪的。

我在自己的《寻花记》里，写了220种花，以后还会写下去。跟朋友聊起来，朋友说，在另外一些地方，想找这么多花都不容易。

寻花过程中，我会把一些落花捡回家，让它们在我的卧室里散发芳香。鸡蛋花、木棉花等还可以晒干泡茶。一口一口将其喝下去的时候，我常常感到一股无形的力量进入体内。这些花儿呀，在深圳的土地上生发、长大，然后把营养带入我的每个细胞。如此，我就更紧密地和这个城市融在了一起。

探花

西乡河畔簕杜鹃。三月份时我来看过它们一次。七个月后它们重新开了。

它们不知为何开，我不知为何来。

两岸都是粉红色。遗憾没有学过凌波微步，否则，一定走到水中间，像长臂猿伸开两三米长的手臂，手指头扒拉着两岸的鲜花，一颤一颤。它们一起低着头，小和尚念经一样。少数认真念，多数睡着了。滥竽充数的比认真吹竽的多。我一搅和，它们苏醒了。亿万双眼珠滴溜溜乱转。

十月下旬的盛开，北方人不见不信，见则心喜。

两条大写加粗的粉红，夹着细弱的白。红得发腻，齁嗓子。需要有个人拿条毛巾，三天两头在上面擦，使其浓妆淡抹总相宜。

深圳一年四季花花绿绿，我待这么多年了，见到河边的红仍忍不住大惊小怪。若四周无人，可以敞开嗓子"啊"二十分钟。高高低低走路的人，即使他们不看我，也压制住了我蠢蠢欲动的心。

粉红啊粉红，为什么能从各种颜色里冒出来？理由很简单：个子高，当然鹤立鸡群。这些花组成了一个庞大的队伍，蔚然成军，浩浩荡荡，所向披靡。如果它们是黄色的，那么黄色就会冒出来。如果是蓝色的，就和天空无差别地连接在一起。一般突兀的东西都具排他姿态。花朵相反，柔媚消解了攻击性，像个粉嘟嘟的大姑娘，花枝乱颤地走过来，连河面都变得柔软。

河水上跳动着亮晶晶的微光，缓缓向前走，倒映的粉红色一直停在固定的地方。不知是谁，在河面上用金箍棒画了一个接一个的圈套，大家都被圈在里面。流动的水把粉红颠起来，摇来摇去就是逃不脱。

这些蓬勃的粉红让西乡河有了生命。当年潺潺流淌的河水，如今只是一条城市泄洪渠。上游为水库放出来的中水，下游区域乃填海造地而成，海水倒灌，河水实为海水。两岸长满了簕杜鹃的这一段，显得特别理直气壮，随时可以宣称自己是一条河。不是水成就了它，是花成就了它。

远望，花花相似，近瞧，各不相同。我拿手机拍照的时候，看到了半年前那好大的一枝花。它应该是认出了我，风吹，拼命地摇摆。我心说，淡定淡定。其实自己心里边也荡漾起来。老友相见，泪流满面。到了一定年龄，要摆出镇定自若的样子。内心波澜起伏，脸上也不改色。这都是装的。内心始终如铁一样坚硬的人不是什么好东西。

往右边看，那根弯曲的，像大虾一样弓着腰的枝条，上次我还拍过它的照片，将其设置为电脑屏保图。天天见，太熟悉它的长相了。再往对面看，一大坨紧紧拥抱在一起的花，枝丫插进对方的胳肢窝里。河流沿岸的花枝都离得很近，对面这一坨抱得尤其紧，像拉帮结派搞小团体。那么近容易互相伤害的。远处的一株黄婵也在向我招手。今天我来，见到了好多的熟脸。它们在这里待的时间太久了，一辈子都没离开此地。陌生人来，见一面就成了熟人。第二次来，就成了亲人。当年我一位堂哥，精神出现了问题，常年被锁在一个院子里。我弟弟小声哼着歌从外面走过，墙里面忽然大喊我弟弟的名字。那么若隐若现的声音，堂哥一下就分辨出是谁，他的惊喜一定远远超过了我弟弟。封闭和驻守会让人对事物变得极其敏感，耳聪目明。

纯粹是花。偶尔有风。我希望看到一只鸟。花鸟花鸟，有鸟才对。我希望走在某一朵花前，一只小鸟惊飞起来，边飞边回头看我，叽叽喳喳地说，你谁啊，人家正睡觉呢。既然在岭南，它讲粤语也可以。但定定找了半天，没见半只鸟。河水空旷，河岸上的人却太多了。刀剑一样竖立在那里。他们手中无剑，心中有剑。鸟儿们无法落脚。

曾在海边见到一只长腿的白鸟（或是鹭），高高瘦瘦的，蹑手蹑脚地走。我也学它的样子，蹑手蹑脚地走。没什么意义，就是好玩。从远处看，两个人或两只鸟，形影相随。海边没有别人，只我俩。白鸟看我一眼，似乎有点兴奋，动作幅度大了一些。我也随着它，身体摆动起来。两个孤独的、开心的动物，通过相近的姿势获得了彼此的感应。

我在城市里，每天非常忙。一个活动接着一个活动，一件事情接着一件事情，还要开会。人群环绕，观念丛生，声音此起彼伏。一个安静的人忽然进入这种氛围，一定会被吵得跳起来，我却甘之如饴。我也许变成了聋子，但自己并不知道。

河边有卖河鱼的，有卖海鲜的，如濑尿虾（北方称皮皮虾、虾爬子）和蚝之类。这些东西在不远处的市场上都可以买到，但在河边卖水产品，似乎是那么理所应当，那么浑然天成。这些水产品与西乡河毫无关系。他们不可能从河里捞出这些东西。胖大的妇女拿着剪刀豁开鱼肚，旁边铺开的塑料纸上，甩满星星点点的鱼鳞，还有斑斑血迹。三棵相邻的大树下，三个老年人分别对着音响，唱各自的歌。两男一女，谁也没被他人的腔调拐走。他们的声音结合在一起，形成一股巨大的冲力，让路人都绕开那三棵树。走路要往地面看。一摊一摊的狗屎，不小心就踩一脚。抬望眼，并没有看见狗，也没见到有人拉着狗绳。缺德鬼埋下炸弹就逃跑了。大面积的花河遮挡不住这些。而我拍下的花朵，要小心避开他们和它们。还要避开一座正在拆迁的楼房，高高的铁手臂正狠狠地砸下去。一下，又一下。一不小心，花朵的背景上就充满了戾气。

　　但我排斥的那些，都留在了我的心里。

　　再次重逢，总要寒暄几句。而我实在不知该说些什么。这半年我好像什么都没干。花儿们问起我的成绩，我会很尴尬。其实成绩不成绩又有什么重要呢？我这样安慰自己的时候，看到了再次红艳的鲜花。人和人交往，最关心的是做了什么。如果没做什么，彼此都恐慌。但人们很少互相问，你最近没做什么？一个人或一个事物，主动选择不做（没做）的时候，花儿们能感知到吗？

　　这些露天的，没机会进入花房的植物只是跟着天时走。簕杜鹃在春天开一遍秋天开一遍，是听从了安排，无需努力，无需挣扎。河边有土、有水，基本生存问题解决了，其他什么都不需要。我不确定天上的雨对它们来讲是不是多余的。起码可以清洗一下它们身上的灰尘吧。河水只能从根部给花朵提供水，不能站起来洗那些花朵。它们被谁狠狠按在河床里，除了台风来时偶尔抬抬头，一辈子都直不起身。

有人在河边打电话。有人对着一朵花发呆。鲜花于岸边站立，对人群视若无睹。我在它们眼中应相同。我认为它们应该认出了我，极可能是自作多情。它们才不管我孤独还是不孤独，它们只管自己。它们的意义就是，需要时，像有一样；不需要时，像没有一样。它们是风景，是空气。不会窃听，不会编瞎话罗织罪名。它们的立场就是秋天要盛开，纸片一般单薄的粉红色花朵，落下来，聚成一堆，随着河水漂向大海。

水果在天空奔跑

第三辑

杨桃

杨桃被按在案板上。刀子要锋利。切一刀，杨桃就"啊"一声。再切一刀，再"啊"一声。不多的汁水顺着刀片流淌下来，将案板洇湿了一小块。

刀子是它自己请来的。

嫩绿的杨桃，前生是古代一种称为"椎"的武器，头部六棱或八棱。金身武士将其持在手中，威风凛凛。应该出手的时候，椎绝不含糊。这一生砸进多少人的体内，溅起过多少触目惊心的鲜血，它已经数不过来了。

一天半夜醒来，想到自己经历过的一件件，一幕幕，它忽然冒出冷汗，不能继续了。转世再也不要金身或者铁身，不要做金属。打砸抢无法解决问题，问题只会越积越多。凡是给事物带来伤害的方式，它都要舍弃。

它钻进土地，从零开始，汲取土壤里的养分，也偷偷接收一些渗进土地里的阳光。它不敢大声呼吸，以免被太阳发现。它担心自己不配让她照射。它顺着根须、枝干一路向上，在枝干上冒出小芽。

一天又一天。一个柔亮的早晨，逐渐长大的杨桃看清了自己的模样，大吃一惊，怎么还是那个样子。虽然

杨桃绷紧了身子。

身体下半部没有了柄，由八棱形变成了五棱形，但大致还是相似。说好的脱胎换骨呢，说好的与往事干杯道别呢。

前生太扎实了。那是一个坚硬的过程，步步为营。它一辈子都没接触心软的事物，除了刀枪剑戟便是斧钺钩叉，全是恶狠狠的表情，冷冰冰的神态。它的世界里没有过柔和，不知该怎么与这个世界和谐相处。

如果当初有一个人引领着它，把世间的愉悦、放松、欢欣、挚爱一一指给它看，无需过多解释，只要看到，它也不会长成现在这个样子。

而这最难改变的身形，最后的痕迹，还是要割除干净。能帮助它的，也只有这把曾经并肩战斗过的刀子。

刀子把自己磨得飞快，尽量减轻进入杨桃的身体后给它带来的苦痛。看着躺倒在案板上的杨桃，那个曾经谁也不服的朋友，刀子忍不住哭了。刀子知道，切开杨桃，也就是彻底和老友作别的时刻。

一片一片萌萌哒的五角星形状的水果，在盘子里散漫地排列出一副家庭主妇的姿态。你怎么也看不出它和那个血腥的武器到底有什么关联。

这才是我自己，杨桃说。

尽管内心有着和菠萝蜜一样浓烈的情感，但它绝不再任其燃烧。它就那么恬淡地，轻悄地，把一点隐隐的甜味呈现在你的嘴边。

如果你忘记吃掉它，一天后它会渐渐发黄、腐烂，如同所有变老的水果。但此刻的它是欣慰的，仿佛一个痛改前非的浪子。

柚子

一个北方橘子跑到南方,站在高高的山峦上。海风正从山脚下一股一股地吹来,在它的皮肤上擦出一阵暖意。这暖意持续的时间很长,从春到夏,从秋到冬。即使冬季,也只是春天收了一下尾。那风不忍心再冷,不忍再往橘子的皮囊里多走一步。

橘子有了点醉意。多年前的梦想一朝实现,它有点无所适从。它知道这已是它的地方。故乡的凄寒和贫瘠再也捆绑不了它。站在这里的橘子,一个已经成熟的橘子,它不欠气候和土地的情,也对得起那棵曾经孕育了它的橘树。它在这里的成长只是一个必然。

首先蠢蠢欲动的是橘瓣,其次是橘皮,它们要按比例拔节。如果皮囊长得太快,橘瓣跟不上,里面空空如也,虫子就会乘虚而入,以此为家。皮囊保护橘瓣的同时,果实也要保护皮囊,把它撑得足够大。但橘瓣不能长得太快,太快了会把皮囊撑破。

橘瓣上的丝丝缕缕,橘皮里面的薄膜和外面的伤疤,每一个细节都在夜晚张开。商量好了,喊声"一二三",一起静悄悄地跑步。空气里弥漫着清甜,那是它们快乐的童谣。一个成年橘子的童谣。

它有了一个新的名字：柚子。

一个硕大、坚硬的果实，膨胀了几十倍的橘子。从树上落下来再也不用担心摔碎，反而要小心下面的事物会不会被砸伤。

柚子回头打量橘子，它看到了自己的童年。而橘子从没见过自己的成年是什么样子。今天它看到了自己，有点讶异。

当初轻易就能扒开它，现在不能了。食客把柚子放在掌中，一只手握住一瓣，龇牙咧嘴地往相反的方向用力。口味也不似原先那样甜了，变为一股古怪的味道，纤维变粗糙了，心更硬了。不小心掉在地上，一滴泪都没有，爬起来接着走路。

它以为会是自然而然的成长，哪知是量变引起质变。

这是我吗？当初的橘子，今天的柚子这样问自己。

它又想，当初铁了心地成长，而不安心地做个橘子，是为了争夺有限的养分？如果周围的养分不够，自己本可以走远一点，把头颅钻进泥土。既然能从北方跑到南方，从熟悉的地方来到陌生的地方，把陌生变成熟悉，自然也能从一个有营养的地方走向另一个有营养的地方。

好像什么都不为。橘子一直在下意识地成长。

但它也不想转头回去，就像当初不知为什么要长大一样，它也不知道为什么要回去，为什么要找回那个本不存在的自我。

那时的它，和此时的它，是两个物种。

两个物种又怎样，比自己的同伴多活了一个人生又怎么样。多一个少一个，又怎么样……

柚子躲在岭南的烟雨中，不愿再多想。既然上天赐予它机会，这就是它的命，跟成长没关系。它的生活中，注定有此一变。

它知道，如果把自己放在一个角落里，日月轮回，水分逐渐流失，孤独笼罩着它，还会把它变回一个橘子。

好在这样的机会不多。

一个北方人来到南方，看到柚子，从瓣上撕下一条条果肉，一边吃一边说，这不就是放大的橘子吗？

柚子无言。

还是被认出来了。

荔枝

一坨荔枝离开了家乡。驿道两边的树木唰唰地向后退去。远处田地里的农人伸直腰，看见一道烟尘滚滚北去，灰尘迷了他们的眼睛。四五月份，正是最热的季节。大雨时常淹没道路，马蹄陷进泥地。

"妃嗜荔枝，必欲生致之，乃置骑传送，走数千里，味未变，已至京师。"你信吗？农耕社会，四五千里路，至少要五六天。还有颠簸呢，重峦叠嶂，激流滚滚，骏马飞奔，马鬃在风中一颤一颤，屁股都疼，何况荔枝。青绿着就被摘下的荔枝们你挨着我碰着你，撞到头破血流，互相推搡，恨不得自己的同伴去死。

味道变没变杨贵妃怎么知道，除非她亲身来到岭南，在一个果园里吃过一颗新鲜的荔枝。

有机会在岭南尝过新鲜荔枝的押运官当然不承认味道变了。

进皇宫，押运官把荔枝们梳洗打扮一番，装进亮晶晶的盘子里。

贵妃问，是新鲜的吗？

答，味未变。

贵妃纤纤玉指剥开红艳艳的壳,看到白嫩嫩、颤巍巍的果肉,轻启朱唇,露出让人倾倒的笑。嗯,好吃。这股烂地瓜的味儿就是我小时候的味道。

一群羊总会跟在一只羊后面跑。那只羊也不知道为什么。若是某一只跑出了羊群,后面跟上一只,就会跟上一群,就又成了一个方向。一只只盲目的羊,踩出了世界上无数个方向。

一只羊把荔枝指成了一个方向。

气哼哼的杜牧,将写好的诗扔进华清池:长安回望绣成堆,山顶千门次第开。一骑红尘妃子笑,无人知是荔枝来。

芒果说,我体型比较好。菠萝说,我看上去比较大。桂圆说,我皮肤光滑。山竹说,我味道鲜。

荔枝说,这几样我都比不上你们,但贵妃喜欢我。

荔枝说,怪我咯。

荔枝又说,我还不是要继续和你们在一起。

其他水果不作声了。

岭南的深山中,瘴气弥漫。太阳一天砸下来的热量,顶得上北方一个月的热量。如果不是土地拽着,大树恨不得连自己都蒸发掉。那瘴气是树木和蒿草的一声声怨气,走进来的人们莫名其妙中了蛊。

人显得非常渺小，海浪显得特别大，路途始终看不到终点。行走在遮天蔽日的树海里，不见天和地，就像一只爬进沙漠的蚂蚁，四周的沙子随便一粒就能砸伤它的腿。

荔枝和那些水果一样，一年年开花结果，不能及时吃掉的，就及时烂掉。岭南的水果坚持自己的季节性。不像北方的苹果，从今年秋天可以吃到来年秋天。梨子如果放好了，也能。

荔枝从不敢在任何场合强调自己的知名度。

几百年后，一个叫苏东坡的人跋山涉水来到惠州。与其他不得志的政客不同，他有一支笔，这支笔后来被称为豪放。他走到哪里写到哪里，让他走他就走，被贬到天涯海角，只要还是公务员，还在体制内，政敌就拿他没办法。

满面尘灰的苏东坡看见了满树的荔枝。只吃了一颗，还没尝出味道，就提笔写下了传唱至今的四句诗：

罗浮山下四时春，卢橘杨梅次第新。日啖荔枝三百颗，不辞长作岭南人。

他知道这首诗会传回京城。他要让他的政敌们了解，这里有你们永远吃不到的荔枝，你们把我贬到这里，但我过得爽极了。

芒果

金黄,金黄。

有些芒果一直到成熟都是青色。而我见过的芒果还是黄色居多。

站在路边的芒果树和最常见的榕树,平时看不出它们有什么差别。六月来临,果实逐渐发黄,芒果树变亮了,再浓密的叶子都掩不住芒果的圆润。

再往后,芒果开始离开树。走着走着,身后忽然掉下一个芒果,路人吓一跳。这种事情极少发生。芒果都是半夜悄悄跳下来的。深圳的夜生活太长,凌晨一两点,路上还有很多人。有人坐在芒果树下吃烤蚝,喝冰啤酒。两个年轻人在树下的阴影里相互搂抱着。这时候芒果不好意思跳下来,天黑看不清,万一砸着人,就不合适了。水果有灵性,它们一辈子只养人,不能伤人。它们要选好一个时间,最好是四下无人,也没老鼠跑过,蛇钻进了绿化带。

它们掉在红色的人行道上,红砖特别硬,闷闷的一声"砰",摔个粉身碎骨。它后边那个芒果也选好了位置,"砰""砰",一个接一个,仿佛跳水运动员。

多少年来，它们一直是这样的。摔在地上，就是要粉身碎骨，把果核摔出来，钻进土地里，长成另一棵芒果树。或者动物们大吃其果实的时候，顺便把种子带走。绝大多数被带到了死路上，偶尔某一颗种子被带到肥沃之地，就又是一条出路。一个又一个偶然成了代代繁衍的必然。

繁衍有什么意义？这事不能刨根问底。

城市里的地砖太硬，泥土已被彻底隔绝。它们知道跳下来意义不大，但它们义无反顾，万一有一颗种子被雨水冲到一个合适的地方呢。

第二天清早，晨练的人看见一摊接一摊的金黄色尸体。

他们轻巧地一个个绕开，小心翼翼不要踩到它们。水果的汁液沾到衣服上、鞋子上，都不会轻易洗掉。水果简直可以做染料。也有的人怕硌了脚，他们不是担心踩碎果核。

若有兴致，你可以一个个地去数树上的芒果，然后跟掉在地上的进行数据核对。你会发现是对不上的，还有一部分去了哪里？

它们是去了天上。它们在地上已经看不到希望。它们或者是芒果中的智者，不愿再在钢丝上跳舞。

天上。可不是天空。一览无余的天空，飘着的那几样东西你都看得清清楚楚，白云，鸟，飞机，台风时还有塑料袋。但你看不到芒果在飞。芒果去了它该去的地方。那个地方，叫作"天"。

树干上挂着一个歪歪扭扭的牌子，上面用墨汁难看地写着：有毒，不要采摘。

芒果都是可以吃的。为什么有毒？莫非是人为喷上去的？想来还是怕路人采摘时弄断了树枝，破坏绿化。

路边的芒果还会吸附汽车的尾气和空气中的灰尘，但算不上毒。

树木的所有者，只是想让芒果树单单成为景观树。

那一个个带着灵气的芒果，和市场上卖的芒果没什么区别。它们长出来的那一天就因地位不同而走到了两条道上，一部分用来吃，一部分用来浪费。

路上走着的人，会用手机去拍那些越长越漂亮的芒果，他们绝不去摘。个个都很文雅的样子。文化嘛，就是以文化野，就是面对一些本该大惊小怪的事情不再大惊小怪。

一个傍晚，夕阳沉沉。人流淹没了一个农民工。在大庭广众之下，他慌慌张张地摘下几个芒果跑回家。

他五岁的儿子将吃到人生中第一个芒果。

莲雾

没有谁比莲雾更钟爱自己的颜色。

粉红上面，敷了一点白色的脂粉。渐变的粉白粉红，被绿色的叶子衬托得更加娇羞。

表皮的嫩，让人不忍轻轻一掐。一只愣头愣脑的鸟撞一下，马上就破损给你看，绝不表现一个野生水果应有的坚强。

她喜欢雨，尤其是天刚蒙蒙亮时的一场晨雨。岭南的夏，清早把凉爽铺在大地上，淹没了果园。最好是针尖一样的细雨，一点一点在果皮上积聚。集成黄豆大小时，再也站不稳，滴滴答答地淌下去，顺便把细微的灰尘带走，让果皮更亮。

一个早晨的雨，可以把一个果园的莲雾全部清洗一遍。雨有的是耐心。雨稍大一点也没关系。莲雾不疼，只觉得痒。

等太阳出来，光线千丝万缕地绕着她。她就低头打量并陶醉于自己的颜色。芒果的黄、桂圆的灰、番石榴的青、山竹的黑，五彩斑斓地绕着她的粉红。

她爱自己。

越来越多的水果,爱人胜过爱自己。它们把毕生精力都用于提炼内心的甜和香,用厚厚的皮小心翼翼地包裹起来,把甜藏在最远的内核。甜无可甜时,把自己捧到食客面前,那汁液崩散的一刻,就是它们不可逾越的生命高峰。

莲雾如同一个慵懒少女,始终是淡淡的味道。一只莲闪过,一团雾飘过,恍惚间像做了个梦。越是这样,食客越是要吃掉她。食客想,下一个是不是更甜?而他们无论吃了多少,也探不到底,也没有尝到更甜。

莲雾不关心食客的感受。

莲雾的果皮下面也有一颗心,但她并不在乎这个内心。

心本来就是个变数,比颜色容易变。一点小小的生活起伏,心就产生巨大波动。刮一点风,下一点雨,稍微热一点,冷一点,有一只小虫子爬来,心都要大惊小怪地跑起来。那颗心试图跟忽高忽低的气温去解释和辩论,气温不理睬它。心也曾试图脱离这个表壳,逃到一个更结实、更鲜艳的表壳下面,却也无法行动。

心每天都处于悸动中。外面风平浪静,一切看起来正常,人们以为水果的心也应该是平静的,却不知那里仍是一个又一个轩然大波。悸动让心变得越来越疲惫,越来越老。

莲雾用尽全部气力保护自己的粉红。她的外表才是她的心。她把心大大方方地晾在外面，人们看到的是一个美丽外壳，臆想其内心的甜。这么甜蜜的外表下面一定有更甜的东西。莲雾厌倦做循序渐进的事，不想让事情那么复杂。食客失算了。

没有被吃掉的那个莲雾，她坚持动员所有的养分支持外壳。她的内心枯萎成了一团棉絮，而她的外表依然闪闪发光。

人说，这是一只过季的莲雾。

只有莲雾自己知道，此时她的内心不再焦躁，不再痉挛。内心和外表终于达成了空前的统一。她守着这个依然光滑的表壳，欢欣地准备迎接第二天飘忽的晨雨。

香蕉

一挂香蕉从香蕉树上长出来。是一挂,不是一根。

它们像连体婴儿,闭着眼睛,握着拳头,打着哈欠。等香蕉们懂事的时候打量四周,才发现自己生来就不是一根。但没有谁感受到威胁,反而觉得很有意思。

它们不知道十几根香蕉谁大谁小,也没人告诉它们先后顺序。但既然是整体的一挂,应该差不多同时问世。干脆不以出生时间区别彼此,就按从左到右的顺序依次排列,老大、老二、老三……一直到十八。

成长的时候,拥挤的时候,各自侧一侧身就行了。它们从没认为拥挤是不舒服的。大家都极力地往四周扩展空间。那么大的虚空,总可以盛放逐渐变大的身体。越是往外伸展,越感到虚空的大。虚空里可以看到的东西更多。

彼此的拥挤,成了彼此的拥抱。你挨着我,我挨着你,肌肤相亲。爱,在这摩擦中生成和长大。

广袤的村外,孤零零几棵香蕉树。它们是中间那棵树上最顶端的一挂。它们可以望见四周的清醒。风来的时候,远处的黄皮树的叶子先动起来。它们一起喊起来,风来了，风来了。大喊其实没什么意义，水果们又逃不掉，也没有躲避的地方。但它们喜欢这样喊，兄弟十八个喊得很整齐。它们通过叫喊看见了彼此，感受到了彼此，感受到了兄弟。它们的声音越来越整齐。风还在远处的时候就知道，哈，那些香蕉要叫喊了。

风有时候吹得很大，没有遮挡。吹到十五摄氏度左右，已经是香蕉生命临界点的温度。再低一些，香蕉就会死掉。最边上的老大感到危险，就提醒其他兄弟，抱得再紧一些。

狂风暴雨从两边袭来时，香蕉一个抱着一个，一个抱着一个，它们没办法换防。最左边的老大想，我是老大，我来护卫。最右边的十八想，我是最小的，我来遮挡风寒。

互相之间的拥挤不再是空间问题，而是一种需要。它们从没想到过分开。它们连听都没听过什么叫作分开。这个世界如果还有另外一个名字，一定叫"在一起"。

好长一段时间，它们都是绿着的。它们都觉得绿着挺好。后来渐渐变黄了。它们又觉得，变黄挺好。不久，一个戴着布帽子的果农把它们从香蕉树上铲下来，小心地放到车上。它们知道离开母体了，但长大就是要离开，也没什么，也挺好。

然后它们被汽车运到村子里。最边上的老大忍不住颠簸，先掉下去了。掉下去前它拽了一下老二，什么都没说，马上就不见了。

剩下的香蕉大吃一惊，一起喊起来。救救老大，它掉下去了。那么多挂香蕉挤压在一起，根本没人听见它们的叫喊。司机奇怪车厢里老是有嗡嗡嗡的响声。

这挂香蕉第一次看见了分离，它们的生活必将被他人操纵。不仅仅是风雨，还有常态的无妄之灾。

接着，这挂香蕉到了市场上。一个顾客问，香蕉好吃吗？摊主说，你可以先尝尝。顺手撕下老二。老二猝不及防，还没来得及说话，就被扒掉皮，露出了里面的肉。顾客三口两口把它吃掉。

啊。啊。其他香蕉一齐喊起来。

老三说，接下来是我了。如果我走了，你们还是要在一起。这是我们躲不开的命运。随时都有分离。但一起多待一天，我们就要多爱一天。

他第一次提到了爱。

什么是爱？

老三是被顾客扔掉的。一个六十多岁的老人，买回这挂香蕉。他在路边跟邻居聊天时，一辆三轮车快速地冲过来，撞在塑料袋上，然后跑掉了。老人接着往回走的时候，打开塑料袋，看到最边上的香蕉被撞伤，皮肤已经破烂。他想了想，随手撕下老三，扔进路边的垃圾箱。

剩下的香蕉已经有心理准备。它们不再叫喊，默默不语。它们想，老三孤零零地在垃圾箱里，该多么寂寞啊。

老人回到家，把香蕉放到冰箱顶上。他坐在沙发上喘粗气。他捂着胸口，然后慢慢地躺下去。

接下来的五天，他都一动不动。他再也没有醒来。

空气越来越沉闷，随时让人窒息。剩下的十五根香蕉一起想到了田野，想到了岭南红土地上的风。它们甚至有些想念雨。雨还可以让它们透一透气。

老四的身体上已经出现很多斑点。老五至十八，也陆续出现斑点。老四对其他兄弟说，我已经挺不住了，我还是先死掉吧。

老五说，反正早晚也是死，不如一起吧。

老六至十八都说，没意见。

又过了一天，香蕉们都失去了知觉。整个屋子里弥漫着一股奇怪的气息。

菠萝

摊贩打了个哈欠。

他天然的大嘴还没完全张开,立刻又闭上了,像一片云从超市上空悄然飘过。其实他是打了个哈欠的,但你看不到。

他在超市门口摆了五年摊,卖了五年菠萝。五年时间,他学会了如何吃一个菠萝,也从一个随地吐痰的懵懂进城者,变成一个打哈欠要捂嘴的人。

他常常和菠萝对视,询问怎么宰杀一只菠萝。菠萝不说话,一身的疙瘩仿佛一身的眼睛。

那些卖荔枝的,扒开荔枝皮,吃掉一个,随手把核扔掉。有的就扔在地上,轻巧而自信。卖西瓜的,"咔嚓"一刀,直抵西瓜核心。再几刀,通红的沙瓤沿着一条条绿皮躺倒在案板上。没有一种水果可以跟食客抵挡两个回合。

而一个丑陋的菠萝,一个随时爆炸的地雷,一个圆滚滚的甜,以上的简单方式都不适合它。

削皮。一把专用刀,又窄又长,很硬,可以不费力地进入菠萝的身体,"唰唰唰",先把表面的皮削掉,露出排列有序的菠萝刺。为了提防虫蛇袭击，外物侵犯，菠萝将历代智慧，累积成当下这种情形。当初防身用的武器遭遇了最本质的击打。刀子找出排列规律，从右边45度角斜切到刺的底部，再从左边的方向，以45度角斜切到刺的底部。两次切口交叉在一起，刚好切除果肉上的所有菠萝刺。

菠萝依然不吭声，它真能忍。从落到摊贩手里的一刻，它就变成一个貌似与世无争的事物。摊贩一刀刀下去，也不知道菠萝是死了，还是活着，但他知道此时的菠萝还不能吃，里面还有大量"菠萝朊酶"，可使食客过敏，发病。食客的直观感受是，刚杀好的菠萝太甜，以致发咸，需在盐水中浸泡若干小时，味道才好。

亮晶晶的大玻璃瓶子里，一块块整齐的菠萝，被长长的竹签子固定着，似乎担心它们逃掉。

摊贩不会到此为止，他看不得一个人狼吞虎咽地吃掉菠萝。他把那块菠萝再切成更小的小块，分别插上牙签，放在一个小碟子里。买走菠萝的小女孩儿，一手持牙签，一手在下面接着，防止汤汁流淌下来。要小口小口地吃，不疾不徐，嘴不能张得太大。如果遇到熟人，要停止咀嚼，放下小碟。不能一边吃一边刷手机。手机里的信息太庞杂，容易挤掉菠萝的甜。

在被咽下之前，菠萝并没有死。它还活着。它的身体里藏着一个打磨人类心性的程序，设置了密码。摊贩就是掌握密码的人。

摊贩手下的每个步骤都是一道坎，大山一样厚重的坎坷。他越是熟练地掌握这些环节，越是感到每一个环节都不可忽略，不可逾越。这些

执掌竹签的小贩,才是一切规则的践行者。

环节每被操作一次,就加固一次。

一个个坚硬的菠萝,不能强制你,却用自己的一生来规范这个程序。管你是摊贩还是食客,都必须按着它的设计运行。

沿着这个规则走路的人,是优雅的。背离了轨道,必然粗俗。

摊贩甘之如饴。他改变不了自己一辈子卖菠萝的命运,能被菠萝固定在这一个一个优雅里,也是不错的。

百香果

百香果买回来后就被放在茶盘上了,坐着的几个人都视而不见。

吃掉它,要先将其切成两半,然后用小勺一下一下挖吃里面的果汁。而果盘中的其他水果,香蕉、橘子、杨桃等,吃起来就没这么麻烦,干干净净,清清爽爽的。

这是一个被冷落的下午。

第二天仍坐在这里的人想,既然昨天没吃百香果,今天可以继续不吃。只要有替代品暂时堵住嘴,他们就很开心。他们只是不想让嘴闲着,一刻不停地说话,哪怕说出的都是废话;一刻不停地嚼着东西,哪怕嚼的不是自己想要的东西。想要什么,不想要什么,他们自己多数时候也不清楚。

即使没有东西可吃,呆呆地发愣,他们也不会去碰一下百香果。一个东西被放弃了一天,就成了惯例。第二天的碰触就会显得突兀,是要改变现状。人类什么时候想要改变现状呢?

买回百香果,也不是一定要吃掉它,将它变成身体的一部分。

人类一辈子都在拼命地博取，要占有点什么。在这个过程中，他们战斗，他们绞尽脑汁，钩心斗角，他们调动和激发出无穷的智慧。广袤的原野上摆着一个座位，两个人一定要争来争去，而不是分别坐得远远的。

他们把东西拿回家就以为拥有了它。他们看着它，确信它已化为自己身体的一部分。在最后一公里，他们停住了，转头去争夺更多的物质。他们这一辈子无穷尽地跑进来，放下东西。跑出去，拿回来。再跑出去，再拿回来。而积压在那里的东西，一层摞着一层，越摞越厚。

百香果虽伸手可及，但已经被压在了记忆的最下边，上面覆盖了更多的事物。主人来不及掀去它们。

身怀一百多种香味的百香果，对自己还是有信心的。它悄然而坚定的气味压住了旁边的苹果、金橘，压倒了瓜子、花生和茶。它确信那些外物不会和它恋战。深红色的坚硬的壳里，包裹着一汪黏稠的汁液。这是造物主精心酿制的蜜，是一个凝结了万物精华的香味集散地。

但它感受到了冷。那个买它回来的人，曾经在摊位上精挑细选的人，现在就像根本没看见它。他把身子转回去，不再面对自己的过往，就像当初的认真都是假的。

百香果坚硬的壳开始起皱，壳下的汁液变得越来越甜。它与生俱来的本质是酸梅的酸。它最先排除的就是心中的酸。它认识到这是不得已的现状。既然酸非人类所爱，自己就得改变，试着迎合。

但主人的冷越来越深。那个要忘记自我的人，热情一旦化尽，就全部剩下冷。他的冷终于传染到百香果身上。

百香果丢弃了酸，其他的味道都望风而逃。

香蕉的气味、草莓的气味、柠檬的气味、菠萝的气味……那些山寨来的气味，经过了百香果多日的收集、打磨和转换，早已化作它的一分子。酸只是其中之一。百香果的核心是包容和转换。它的放弃则是溃败的起始点。

酸不见了，柠檬味还往哪里停靠，香蕉味也百无聊赖，草莓味更感凄惶。

百香果以为放弃了自己，就能换来主人的回望。它低估了一个冷漠的人。

百香果壳上的褶皱越来越多，有的地方已经凹陷，成了一个坑坑洼洼的小球。深红逐渐散去，斑点悄悄在身体内外蔓延。一旦内心溃堤，坚硬的外表就再也无法坚持。

而主人看到了它的变化。

在主人的心里，百香果应该永葆买来第一天的品质。人类需要时，它能够把最美的自己捧出来。它要熬得过时间，熬得过各种考验。从百香果变化的第一天，主人就厌倦了。它没有迎合他的心意，而是按照自己的生理规律走了，也不回头跟主人商量一下。主人下意识里以为第二天百香果能认识到自己已远离主人的意愿，回头是岸，但百香果一路狂奔下去。

主人也不扔掉它，毕竟是花钱买来的。但从它变化的那天起，主人已经放弃了它。

他等待着。百香果终有腐烂的一天，那时他就会顺理成章地把它扔进垃圾篓。

垃圾篓就在脚下，那是所有物品的归途。

火龙果

远远望去，火龙果是长在仙人掌上的。这两种貌似完全不搭的事物，放置在一起，盯上二十分钟，就感觉理所当然了。时间一分一秒地走着，比什么说辞和解释都有效。

火龙果树，不是树。一簇一簇的疙里疙瘩的条状叶片，在低处长大，遇到谁就攀附谁。但植物们都聪明得很，看见它都远远躲开。偶尔被火龙果树扑住，顿时枝干歪扭，一副凝固的挣扎相。

火龙果树只好趴在地上，沿着沟沟垄垄缓慢爬行。

火龙果一长出来就贴着地皮。它们只能看见草丛，草丛里的虫子和偶尔走错路的蚯蚓，雨后的积水，以及积水里慢慢挪动的蜗牛。抬头可以看见天空，但仰一会儿头就累了，很快低下去。

荔枝们站在旁边高大的荔枝树上，它们能看到遥远的远处。高度为它们打开了更开阔的视野。它们一副君临天下、见多识广的样子。鸟儿则带来更远的消息，在荔枝身边叽叽喳喳，把更多的秘密粗门大嗓地说给了荔枝听。风一来，荔枝频频点头。似乎说，嗯，好的，我知道，但我不外传。

火龙果抬头能看到荔枝和鸟儿在对话。

荔枝个头不大，心大。薄薄一层果肉里，一颗坚硬的，见过世面的心。同样是在生长，荔枝长到某个地步就停止了。它看到了远处，看到了结局。它知道哪些是捷径和弯路。于是它就避开了弯路。

火龙果无法跳下叶片，走到更高的地方。它们看不到的地方一定藏着很多秘密。那是些什么秘密呢？这样问一下自己，火龙果的心思就会增加一个。

每个晚上都长出一个心思。做个梦也要多一个心思。它的心思要比荔枝多得多。

火龙果的身体变得很大，大到足够装下这些心事，让心事显得渺小。水果们晚上睡觉的时候，火龙果还在不停地长，并且尽量避免被发现。它很自尊呢。

它始终若无其事的样子。假装的时间长了，就成了常态，忘记了自己应该成为的另一个样子。现在的样子，并非预想的样子，却成为大家认可的样子。

消化了那么多心事，火龙果也不显得突兀。它用一个鲜艳的外表吸引了他者的目光，他者就不再去猜它的心事。

在田野上长大的事物，可以充分地鲜艳、招摇，而这招摇是抵抗的姿态。人类穿上鲜艳的衣服是要吸引什么。田野上的事物则在宣示主权，不要靠近我。毒蛇一个比一个鲜艳。

鹤立鸡群的火龙果，也是这样一种姿态，战栗的火焰和鳞片状的皮肤，仿佛要点燃什么。

这个在低处长大的，曾经备受冷遇，野蛮生长的水果，不知不觉备足了一切具有攻击性的武器。

那些藏在体内的成千上万的小心思，每一个似乎都是一个陷阱。

外露的，张牙舞爪的鳞片，恰似进攻的号角。

但你打开它。

不香。不甜。不酸。不辣。不苦。有点香。有点甜。有点软。有点绵。什么味道都是淡淡的。

没有比它更平常、平和和无辜的水果了。

一个外表看上去要怎么样，实际不能对任何事物怎么样的，毫无特色的村姑。

就这么缓缓地，缓缓地向你走来。

番石榴

猫遇到危险的时候,弓起身子,细软的毛全部耸立起来。

番石榴也是,它看到牙齿靠近的时候,身上起起伏伏的疙瘩瞬间变大,闪闪发亮。

从萌发成形的那一刻,它们就知道自己会被吃掉,中途腐烂的除外。土地给它们上过这样的课。它从没想过抵抗,或给人致命一击。这是它的宿命。它只是下意识地精神一振,就像一只突然被扔进热水的青蛙,一个必须做出的应激反应。

世上只有"动物保护人士",没有"水果保护人士"。动保人士每逢呼吁人们拒绝肉类的时候,就让人们多吃素,多吃水果。水果无法辩解,也没人给它们辩解。

谁说水果没有生命。它们在短暂的一生中,唱尽悲欢离合,也有兄弟姐妹蜷缩着在风雨中挺过来的历程。它们不会跑路,缺少一个挣扎和哭泣的姿势,便被排除在人类的歌哭世界。

水果也有性格,有的痛苦,有的乐观,有的尖酸。情绪通过气味来传达。

青绿色的番石榴,跟北方的石榴基本没什么关系。它还有一个名字,叫芭乐。成熟的时候,味道酸甜,属于性格偏温和的一类。

食客可以从口感和气味上获知水果的性格。像柠檬的巨酸,榴莲的巨臭。食客剥开它们的皮,释放它们的气味,从中得到自己所需要的味道。人类有各种各样的需要,形成了各种各样的嗜好。成千上万的水果,只要悉心呵护,调理得当,让它们过得开心,它们都会变甜。而人类并不希望如此。他们假装不知道缘由,假装水果生来就是无动于衷和逆来顺受。

这样的场景更让人欣慰:一个个温顺的番石榴,被洗净之后,安安静静地躺在水果篮里,人类则排排坐吃果果。

牙齿进入熟透的番石榴体内。滑腻,糯软,轻飘。快感蔓延到牙根。这种快感,既有切碎物品后的破坏性满足,也有番石榴散发的味觉晕眩。牙齿感受到了美。

牙齿自从长出来,就开始切割一切进到嘴里的东西,它的职责就是让它们变碎。幼小的时候,那些进到嘴里的食物抵抗它,硌疼它,有时主人疼得哇哇大哭。哭后就长了记性。下次就会小心翼翼,咀嚼时就要试探,要小心翼翼。

在切割中锻磨出强健的体魄和骨骼,牙齿越来越壮大,并给接下来的食物带来更多的伤害。

牙齿不认为这是伤害。它的一生就是愉悦自己,愉悦胃的一生。它被侵蚀,被阻挡,被训练,被淹没,但主人不会无缘无故把一块生铁放进嘴里。牙齿确信自己会得到更悉心的保护。它从没有怨言,只埋怨自己不够努力，食物切割得不够细，技术上不够精巧。

　　番石榴对它来说真的是小菜一碟。牙齿一下一下咀嚼起来，根本不费什么力气。潦草地敷衍几下，即将大功告成。舌头跟在牙齿后面，把嚼碎的东西拢在一起，推进嗓子里。一个切割，一个打扫，配合得天衣无缝。

　　这是一个庸常的午后，一个不会发生任何意外的时光。岭南特有的冬日暖阳把所有物体晒得暖暖的。

　　一个懒洋洋的人，一个懒洋洋的番石榴。

　　谁也不会想到番石榴籽，那些拥挤在一起的附属品突然暴动。牙齿咬向它们的时候，它们猛地顶上去，坚硬而决绝。

　　食客大喊一声。番石榴落在地上。轻微的断裂和地板上的一片破碎声惊醒了客厅里的那只猫。

山竹

黑要保护白的时候,白不知所措。它没请求黑来保护。

黑自己来了。

山竹们密密麻麻地站在高高的树上。远远望去,如同人的胳膊上趴满了密密麻麻的黑色马蜂,看着非常瘆人。

走近了看,是一个个单纯的果实。山竹黑黢黢的,拳头大小,一个挨着一个,紧搂着树干。风吹不动它们。

黑色的壳里,白色的瓤正悄悄长大。

壳的底部有几个僵硬的小瓣,里面就对应着几粒白色果肉。

远远看去,它们是一个整体。一个硬硬的水果,与其他水果无异。但太阳看得见,它表里不一,黑白分明,软硬各施,在两条路上生长着。

北方水果皮薄,苹果梨子枣子等,都如此,有利于吸收阳光。南方水果皮厚。濡湿的空气里,病菌容易侵入,皮要保护核。

山竹黑色的壳适中地裹着瓤。白瓤稍微伸展一点,壳就伸展一点，它小心翼翼地不让白瓤受了委屈。

黑壳从不跟白瓤聊天。那八朵连在一起的果肉，像当年矜持的女同桌，不肯多说一句话。

它们是两个部分。白瓤从不以为自己能和硬壳融合在一起。在它那里，世界就是清甜的。自己长大，就是去迎合与补充清甜。

触碰中，白瓤能听到黑壳的心跳。这是爱吗？壳没明白地说过，壳护着的，似乎是另一个自己。

如果壳说，自己是在保护白瓤。瓤也许会傻眼。对于一个天上掉下来的付出，你总得回报，以同样的热情回爱它。但瓤做不到。它一辈子就是爱自己。它可不想愧疚。不知道被爱，也就没了愧疚。每一个白天，自己都开开心心，这就好了。

那些所谓的爱，所谓献身，是用来感动自己的。白瓤冷眼看着黑壳，看它是否感动了自己。

黑壳一个劲儿地成长，装作什么都不知道。它为了谁，连自己都说不清。它一辈子除了这件事，也没什么其他事可做了。

黑壳努力地去接近白瓤，甚至想让自己变白。挨近瓤的部分，终于变成红色。

它已经尽力，再也变不下去了。

这么僵持着,谁也不表态。

这么僵持着,成了常态。

黑壳和白瓤不声不响地长大。直到有一天,壳被狠狠地砸碎,苦涩的汁液溅到施暴者的脸上。白瓤忽然感到一股寒冷扑面而来。

榴莲

　　一个打开的榴莲,硕大坚硬的外壳不再起任何保护作用,露出稀松软趴趴的果肉。而它的影响力可以覆盖超市里的整个水果区。

　　推着手推车慢慢行进的顾客,赶紧腾出另一只手掩住鼻子,快走几步。

　　这家伙太臭了,性格太强了。顾客自言自语。

　　榴莲呵呵地笑着,不作任何辩解。

　　它其实很温和呢。

　　把榴莲和鸡肉放进锅里一起炖。热水滚沸的时候,两者杂糅在一起。火越大,它们拥抱得越紧。你中有我,我中有你。再后来,榴莲的味道几乎完全没有了。锅里飘出鲜甜和清香。

　　榴莲消灭了自我。

　　据说兔子肉跟谁在一起,就会被谁拐走。和猪肉炖就是猪肉味,跟牛肉炖就是牛肉味,绝对不坚持自己。

　　榴莲也是这样。味道那么重,本钱那么够,来势那么凶猛,但说缴械就缴械了。

　　它还可以和椰子粉拉手,做成椰丝托榴莲;加上面粉、鲜奶,做成榴莲酥。

和喜欢的事物在一起,它不抢风头。呆萌呆萌的,把自己当成旁观者,津津有味地欣赏,身不由己地参与,把自己做的事当成别人的事。它的个头,它的气味,它的智商,都像极了小时候村子里那个整天乐呵呵的大傻子。

但它忽然发起疯来,拦都拦不住。

有一个人,喝了二两酒,吃了一块榴莲,然后就挣扎着死了。

那人弓着腰,驼着背,双手紧紧捂着肚子,汗珠子噼里啪啦掉下来,高声惨叫着。他已经被一场无法收拾的战乱所控制。外人仿佛可以看到,在他的胃里,榴莲和酒彼此揪住对方的头发,拳脚相加。你摁着我,我压着你,一会儿你在上面,一会儿我在上面。真刀真枪。鲜血四溅。腹内的器官被撞得东倒西歪,纷纷劝它们停下来。

它们不停。

酒从来就是压人一头的,它说翻脸就翻脸,动辄把主人胃里的东西都踹出去,只剩下自己。它怎么肯轻易示弱。

榴莲也不信这个邪,一定要战斗到底。傻大个的倔脾气上来了。一个温顺的人,决绝起来,是难以理喻的。

没人知道这是为什么。若从化学角度分析榴莲和酒的成分,说起来一定头头是道。但一个人喜欢另一个人或者讨厌另一个人,能说出来的理由,都不是理由。真正的理由,都是看不见的,只在对阵双方的心里。

葡萄和海鲜也不和谐。一个人先吃一串葡萄,再吃一盘海鲜,两个小时后他就上吐下泻。葡萄和海鲜打起来了。所以,它们彼此躲得很远,

小心些,别逼榴莲发疯。

一个逃到了新疆,一个住在了海边,一辈子不见面,你好我也好。但越来越便捷的运输手段把它们硬给拉到了一起。

它们内心自然是反抗的,而人类听不懂它们的语言。

一个物种和另一个物种的对立,归根结底还是失去了安全感。有血缘关系的两个兄弟,即使价值观不同,也能安安静静地坐在一起,喝茶聊天,因为它们从对方那里闻到了抚慰的气息。

榴莲和酒,岂止是气味不同,一定还有更深的鸿沟隔在它们中间,让它们都感受到了致命威胁,一见面就浑身战栗。

能让榴莲的心颤动起来,一定是戳到了它最软的痛处。

一个懵懵懂懂的人,坐在自己的时间列车上,慢条斯理地驾驶着。忽然一条深沟狠狠颠簸了一下。瞬间,它成了敏感的人,尖锐的人,好斗的人,一触即发的人。它头发竖起来,绷紧了每一根筋,它的犀利呼之欲出。

而那杯酒竟然还敢冲上来。

柠檬

一个圆滚滚的,坚硬的果实。

它要去解救水。

它不知道自己解救的是一杯水还是一个湖泊,但这又有什么关系呢。

柠檬树站在坡地上,遥望着远处的一片苍茫。它结出的果实在一天天长大。那些果实即将带着树木的一片温情,向远方出发。

为什么不是蔗糖,不是白糖,不是猫屎咖啡,而是柠檬?

谁也说不清。一个人,要竭力保护另一个人,表面上很容易看到利益关系。而在利益的内部,还藏着多少我们看不到的东西?那些更加细小的物质,一个搭着一个,构筑成一个整体。我们完全无法感知它们之间必然的联系,而它们却按自己的规则运行着。

就像那些柠檬,它们一长出来,就听到了召唤。

水,等你去解救。

柠檬不问为什么。既然有了召唤,一辈子跟着召唤走就行了。

有一件事在前面牵着,生活就有了意义。你可以称之为使命。说得随便一些,这一辈子就有了奔头。

没有这个奔头,事物在成长中便会迷茫。长着长着,越来越怀疑,长大干什么呢。这样一想,就不长了,或者长歪了。

所有的事物,这一辈子都要给自己找一件事做。哪怕这件事在别人那里真的没意义。

种植柠檬的人,浇灌了柠檬的雨水,撒下光和热的太阳,树下的那块土地,陪伴在树旁的几株野草,它们都为了这一个意义兴高采烈着。

你看到的,柠檬在按部就班地,慢慢地一天天长大。

而在一个接一个的白天与黑夜,柠檬在紧锣密鼓,一点一滴地收集着能量。

当年,一个母亲要把自己的肝换给年轻的儿子。为使手术成功,她暴走六个月,硬是把自己的脂肪肝变成了一个新鲜、合格的肝。

柠檬也不能仅仅靠一腔热血,它要让自己的生长更具体,更有目的性。每一个细胞,每一滴汁液,汁液里的每个毛细血管,外壳上的灰尘,都有明确的方向。比如,这一粒灰尘是用来阻拦病菌的。

满园的柠檬,每一个都被这召唤攫取着。

附近的果园里,各类水果竞相长大。它们不知道,自己吸一滴水的时候,柠檬吸了两滴。它们暗夜里睡去的时候,柠檬还在跑步。

同样是圆滚滚的一个,柠檬的汁液浓度远远高于其他水果。它要用最小的包裹,盛装最多的内容。

所以,它必须坚硬,以便把这些好不容易凝结成的汁液更稳妥地保护起来。

其他水果身体里是一团蜜,柠檬的身体是一个甜蜜的炸药包。这种甜蜜,甚至只能以酸的形式呈现。狂酸。

柠檬夜以继日地奔跑。它们稍微停歇一会儿就马上起床。它们累得气喘吁吁。它们快马加鞭。它的一个夜晚就是别人的一周。

远处的水则在热切地等待着。

表面看上去,水是平静的。而水和其他事物一样,一直在动。完全的平静一定让它们递减式地死掉。仿佛一个人,用手扒住悬崖边上的一棵树。远远望去,他纹丝不动。一阵风来,吹到他的头发,他都不动一下。其实,他浑身都在用力。他的手,他的筋,他的每一块肉,他肚子里的肠子,都在全力支撑着他的胳膊。

安安静静的水。在平静下面,我们什么都看不到。人眼所见,能有多少。那么多的运动,都是目力所不及,甚至心理所不及,想象力所不及。它们各自严丝合缝地咬合着。一个跳脱了,整个水域都失去了秩序,就会乱作一团。

必须有另外一个事物的介入,激活这即将真正平静下去的水域。

柠檬的身影越来越近。舟车劳顿,一刻不停。

它仿佛听到了热烈的欢呼。水的呼吸声越来越粗重。

它们都等不及了。

胡不归

第四辑

飞去来兮

1

到航站楼,停。M528 上的乘客背着大包小裹走下去。空气潮湿,早晨的灯光尚未关闭,如惺忪少妇,俏而柔。司机回头看了一眼,确定我没有走神儿,是真的要继续乘坐,便断然踩下油门。

下一站乃终点,名为"场站"。空旷,寥落,停了好多辆又高又长的公交车。抬头四望,那个飞机形状的巨大航站楼,浑不见。我仿佛置身于陌生的荒野中,内心闪出点点小惶恐。被人抛弃,无人关心。周围的事物和自己全不是一个方向,三观亦不同(这才是最可怕的)。每个事物都活过来,指着我的鼻子哈哈地笑,自己毫无还嘴之力。我本可泯灭个性,假装成同道中人。但我偏不。梗着脖子对着干,站立成孤石,被激流冲刷。小惶感,莫不如说是纠结、较劲。麻木的肌体因而搅动起来,眼睛睁得更大。多坐一站,此岂不正是内心所求?

另一点,怀朝圣之心,从这里一步一步走向航站楼。形不叩首,心已叩首。与乌泱乌泱的人群汇合,才有仪式感。

天光大亮。

一架飞机斜着身子拔地而起,如冲出水面的海豚。机身白色,图案为红色祥云,应为深航航班。平稳以后,又如游泳健儿,扒拉开四周无形的水,以固定姿势前行。因为离得近,便见其笨。我若足够高,像长臂猿一样,伸手就可以触摸到它的翅膀。即便如此,我也不碰它。这种没头脑的家伙,谁知道会不会突然转身,反咬我一口。

场站右边是辽阔的大海。高高的铁丝网,隔开我和它。网上爬满了绿色植物,五爪金龙、牵牛花、马交儿、使君子等,或碧绿鲜活,或已枯黄。钢丝上,生和死缠夹在一起,互相干扰。透过长方格状的网眼,海水平坦如镜,无波澜,被一座座凸起的土堆切割得七零八碎。土堆上站着一辆辆吊车,铁臂挥舞,是在修路。地面上的路不够,海里的路来凑。广深沿江高速飞架南北,高高悬在海面上空,一辆辆汽车蠢笨地在上面爬行。我曾无数次开车在那条路上经过,速度很快。此刻成为旁观者,有脱衣摸疤之隐秘快感。

定好方位,趋步到航站楼。路边植物茂密。人行其中,披荆斩棘一般。簕杜鹃悬挂在其他树木上,如凝固的瀑布,红、紫、白,不一。似泼来,欲行又止。紫荆花落在地上,腐烂成泥,烂而弥香。异木棉举起一片粉红色，在天空中呆住。风一吹，整个天空都跟着晃起来。路边一丛丛小叶子的假连翘上，冒出浅蓝色的几朵小花，以及黄豆大小的圆形果实。汽车轮胎唰唰的响声和它们释放出的烟雾，淹没假连翘极浓的香气。需凑近闻，使劲儿闻，方见世间各自的努力和坚持。不少树木的主干上，斜着支起坚硬的钢架，仿佛病人拄拐。即使枯死，也得保持站立的假象。

高架立交桥在头顶上，转着圈倏然而去，坚硬却灵活，好一条狡猾的巨蛇。无端担心上面的汽车掉下来砸到我。

两个穿着红色制服的清洁工，一男一女，中年人，都显老，坐在路边聊天。擦身而过时可听清，一个说湖南话，一个说四川话。这条长长的人行道，有他们两个，像画龙点睛一样，被救活了。谁会走这样一条漂亮却无用的人行道呢？它只适合散步。可谁会跑到这里来散步呢？出行的和接人的，都是直接到站点。点儿对点儿。由此至彼，由彼至此，目的性极强，准确率极高。人行道差不多成了摆设。

宝安国际机场（即深圳机场）航站楼是个聚合点，航路、公路、地铁、城铁、海运，从四面八方，天上地下，源源不断来来去去，分分合合。一天二十四小时，川流不息。行动着的道路，被这条静止的人行道陪衬着。人行道上的朝圣者，留不下一个清晰的脚印。

2

一架接一架的飞机,携满身轰鸣,从头顶掠过。轰鸣如灰尘,抖得漫天遍野。我身上也落了一层。衣服没脏,脑仁疼,莫名焦躁。四望,什么都没发生。花朵依然鲜亮、刚劲。

不知住在航道下面的人怎么办。朋友铁哥所在的碧海湾小区就在航道下。首次拜访,他煮了一只鸡给我吃。其间,一会儿"嗡"一下,一会儿"嗡"一下。闲聊总被打断。问,你怎么受得了?他答,没事啊,我已经听不见了。看那表情,应是真的。两个人在一个桌上吃饭、碰杯,貌似天下无事,某种意义上讲,我和他,已经是两个物种。铁哥不是一个人在战斗,他那个小区的人,以及航道下所有小区的人都已具有了这种功能。

我在深圳市宝安区度日。这里人口密布,工厂云集,经过再三分解、淘汰,剩下的还有五六百万人。五六百万啊,拥挤在弹丸之地上。很多人想,有房住就不错了,还要什么自行车。在铁哥家吃鸡时,他说自己的房子大概值一百五十万。时至今日,已过千万。高速公路边的楼房有人买。楼挨着楼的城中村里,房子有人租。山边的树林里,隐约可见一两处私搭乱建的窝棚……

披着满身噪音行走,往昔如噩梦一般涌过来。刚到深圳时,有三四个月时间,栖身于一小旅店中。临街,楼下即小吃店。窗玻璃不严实,我耳朵也不像现在这么聋,感觉就像睡在大街上。谁都可以吵醒我。清洁工凌晨扫地的声音,小吃店锅碗瓢盆碰撞的声音,食客们的欢笑声。

半夜楼下飙车的声音尤其令人痛恨，嘟，嘟，嘟嘟嘟嘟，"嗡"一下子飞走了。这些噪音对我影响很大，塑造了我一部分的价值观。

飞机的噪音散发在空气中，万物都悄悄跟着震颤。这是一种无形的能量。威力有多大，摸不着看不见。人们还在城市下方掘出一条条地铁通道，运行不止。地铁和地铁上的人发出的声音都被闷在下面。这些噪音无处排解，像愤怒一样，在地下慢慢累积。也许有一天，会忽然爆发，冲开地面，和地面上汽车的噪音，空中飞机的噪音连接在一起。

我是一个小小噪音制造者，又是一条导火索。这样一想，不禁踮着脚尖走了几步，在花树中减缓呼吸，以免点燃自己，引爆它们。我要活下去，我还有事要做。

3

进航站楼，先过安检。女安检员手持金属探测器，眼神很温柔。一天检查这么多人还能保持温柔，即使是假的温柔也不容易。

原先安检只检查身上，现在连鞋子也不放过。原先可以带饮料上去，现在什么都不让带。听说早几十年，飞机上可以吸烟，还有茅台赠送。人类的破坏能力越来越强，防卫手段也越来越多。我夹杂在人流中，打扮成他们中的一个，像个普通的匆匆忙忙的行者。没有谁会拍我肩膀，问我去干什么。即使极巧合地遇到熟人，他们也一定比我忙，打个招呼就过去了。这样，我便可以静心打量周围的一切。

白色的长圆形花坛，中间种着蝴蝶兰、石斛、长寿花等。我在写作那本关于花朵的书时，数次专程跑来打量它们，和它们对视。有几次忍不住轻轻去摸，手感潮湿，有活物一样的温润。花坛四周光滑、凸出，可以坐在上面歇息。

年轻的空姐们排着队走过，蓝色的制服，衬得她们腰身更苗条。

一个穿绿色短袖的男导游，站在中间讲解注意事项，身边围了一圈人，脸上都带着笑。旁边的座椅上，一红衣女孩边看手机边笑。站着的笑和坐着的笑隔着两米都那么和谐一致。

出行越来越成为常态，背着行囊的人越来越淡定，不必囿于有限的资源，满脸惊慌地紧赶慢赶，油汗直流。今日出行之未知，已与往日之未知迥异。大家起码都可以保持一个表面的镇静。

空气里弥漫着清甜的味道，这股清甜撑着空间，仿佛若干支架，把硕大的航站楼扩得更大。天花板上，一个一个亮晶晶的长六棱状小孔，似蜂窝一样，从这头到那头，望不到边。有密集恐惧症的人估计受不了，我却觉得还挺好看，时常将其想象成眼睛。这些眼睛一定是谁派来，而不是人为装上去的。它们一夜之间就站满了驻地。炯炯有神，机动灵活。几万只眼睛，一眨不眨地在上面盯着我，这样我就不孤单了。我在人群里漂泊，落在什么地方，即使一个不起眼的角落，都会有一只只眼睛为我照明。

和其他机场不同，一排排整齐的店铺中，极少烧鸡、驴肉之类的本地特产店。深圳的特产是什么，不晓得。这么年轻的城市，不宜追问太多过往。倒是一两家书店里，透出一点亮光。我把那一排排书翻了个遍，只买了一本自己写的《街巷志》。漂亮的女店员向我推荐其他书，一看，都是所谓国学和职场战略之类的。笑笑，说，就这样吧。

大厅里站着好几个智能机器人，或为深圳特色，所谓科技是也。其他地方尚少见。等他地都有了，深圳应又生另外的内容。胡适曾称自己"但开风气不为师"，被寄予厚望的深圳，亦需以此自省。机器人一米多高，胸前挂一显示屏，上面标有星巴克、真功夫等场内消费场所的标识。两位少妇推着一辆婴儿车，里边坐着白白净净的婴儿。小男孩头发很短，不超过一周岁，表情呆萌。机器人见有人来，说："你好，有什么需要帮助的吗？"小男孩吓得一激灵，转回头去看他的妈妈。妈妈轻拍其脸蛋和身体，安抚之。

我走向另一个机器人，转圈打量它。它眼睛里射出红色的光，跟着我转，仿佛有点不安。我想了想，提高声音说，可以握握你的手吗？它伸出胳膊，机械地回答，很高兴认识你。我又说，请问在哪里可以吃到面条？它毫不犹豫地答，请咨询机场工作人员。

白问。

其实我知道吃面的地方。大厅二楼原先有一个兰州拉面馆，45元一份，价格是外面的三四倍，但真好吃。汤清，味浓，肉厚，面条筋道。到机场送人，若时间允许，我都请他们吃一份。候机室内，也有一家拉面馆，就比较敷衍。

宝安机场位于黄田村，原名黄田机场。据说本地口音中"黄田"略等于"黄泉",而"宝安"两个字听起来更吉利,于是改为后者了。这种传说的真假并不重要。人群中条条框框太多了,有一个飞升于天空的传说,可以在饭桌上口口相传,世界要丰满许多。

我走在阔大的大厅里,像走在自家客厅。一年中十几次到宝安国际机场,接人送人,送人接人。它是我连接世界的一个着力点。里面的很多事物低头不见抬头见,熟悉得像自己的脸。看见这周围的事物,如照镜子,时时撞见自己。

4

离开地面越远,曾经的世界就越疏离,越隔膜。最开始乘坐飞机时,常常感觉自己踏进了另一个世界。飞机先在地面奔跑,然后突然离地翘起,身子毫无征兆地后仰,灵魂瞬间出窍,在空中飘一阵儿,安定下来,看着自己的身体定定坐在那里。两相对照,肉体笨拙,无动于衷。灵魂跃动、飘忽,没有了羁绊,它观照所有事物,角度都是新鲜的,比刚蒸好的海鱼还鲜。蠢蠢的身体上的脑子捕捉不到它,也记不下来。脑子是脑子,灵魂是灵魂,互相看着。我游离于二者之间,不知今世何世。虽只很短暂的时间,亦足够享受。

现在不行了,上得飞机,就像从一张椅子挪到另一张椅子上,从一个房间到另一个房间。明明脱离了地面,还和在地面上一样。肉体里再也飞不出一个灵魂,只有肉体,肉体,肉体。

机舱里有一股奇怪的味,不知别人是否闻得出来,但我能感觉到,这是介于地面和天上之间的气味。少年时无知无识,期待神仙出现。找神仙,都下意识地往天上看,没有低头看的。地下钻出来的土地爷不算神仙,只是个慈祥的邻家老头。神仙必须仙衣飘飘,又面目不清。能让你用手机拍出高像素照片来的,还算什么神仙呢?机舱里的气味或许是神仙的味儿。我摸不到他。他自然不会在我身边,应该在机外。也许就坐在飞机的翅膀上。飞机里的人,离神仙最近。神仙的气味让乘客们都昏昏欲睡。我也开始犯困,本应附和着周围的人,一起打轻微的呼噜,但另一个我不安分起来,在狭小的机舱内左冲右撞。它确定不是我的灵魂。那么轻灵的东西已经消失了,再也找不回来。另一个我,仿佛奔上运动场的公牛,神仙在外面用红布一逗弄,公牛就二傻子一样奋起直追。

要努力保持清醒。

所以我喜欢坐在挨着窗户的位置。晴天的时候,让脑袋靠在玻璃上,看白云一团团在下面翻滚。云团非虚无。它执拗、结实,也有力量,飞机在云中穿过,常被刮蹭得颠簸起来,如船行激浪中。一次和妻子从长春返回深圳,飞机摇晃得身子都腾空。我们紧紧拉着手,不发一言。我心里想的是,在一起就好。平稳以后,手心里已经出汗。

飞机初离地面时,眼见地面上的事物变小,比例失调。黄色的,是水塘还是土地?像棋盘一样横平竖直的,是小区还是整个城市?有些还可以分辨出来:来来往往的汽车如同连在一起的线,勾连着各个棋子之间的信息。珠江口黄、蓝分明。黄的是江水，蓝的是海水。有的山呈青色，有的半秃，未知是自然秃或是人为剃光。

飞机在晚上经过海面的时候，一片漆黑，如坠入宇宙黑洞。直至抵达深圳上空，盘旋二十分钟，街衢灯火似线条，亮晶晶的。此时只能用星星这么庸俗的词语去比喻。我希望更多人能感受到满天星星的缭乱。我贪婪地拍照，拍照。灯火闪烁中，我差不多可以找到自己的家。那一刻有点神思恍惚。一切都在脚底下。我君临天下，哪儿都可以当我的家。

但天上和地下终有一个契合点。我还是要回到低矮的地面上，跟地面上的事物纠缠在一起。

5

宝安机场真大。落地，下飞机，从里面走出来，漫长的一段路，要二十分钟至三十分钟，如果加上领取托运物品的时间，那就更长了。从我家到宝安机场，路程约半个小时。那边落地，这边出发去接都来得及（前提是路上不堵车）。

这种大，也是暂时的。当年的多少"大"今天都变成了"小"。四车道、六车道还是会堵车。现在的所谓大，还只是起点。

出站口，人流像大街上一样。拉杆箱在他们身后，手忙脚乱追着跑，

下面有一盏灯,在为我亮着。掌灯者抬头望天。

恰似拴着绳子的狗，跟不上主人的步子。旅客都抬着头，眼睛打量着接站的人群。明明没有人接他，他也一副志在必得的样子，仿佛真有一个人在那里默默等他。秋冬季节，多数人手臂上都搭着厚衣服，应该是在洗手间里换下，或者临时脱下。从外地到深圳，没有加衣服的，只减。由深圳出发去其他地方，下飞机多要加衣。一加一减，便是他乡和家乡。常年居住在深圳的，减掉衣服的神情，和初来乍到者减掉衣服的神情并不一样。前者坦然，后者犹疑。体感是否妥帖，或为某人在一个地方是否愿意安居的先决条件之一。

　　机场里出来的人，身上少了一股气，即紧张之气。或许幼年见到的紧张太多，对此细微之变极为敏感。小北极熊和它的妈妈，跋山涉水去过一趟覆冰的海滩，第二年它便可以自己沿着原路抵达那个地方。如此一代一代传播下去，直至冰山因全球变暖而消融。唯一的那次随母出行，身上满是动物原始的紧张，本能地记下了沿路所有标志物。它当然记不全，第二年重来，须拼命回忆，沿着大致的方向，战战兢兢前行。它们别无选择，每条路上的一个小小的陌生陷阱，都是生死界限，仿佛它们一生都走在钢丝上。机场出行者们，低头看手机，他们都知道自己无需在走过的路上撒一泡尿，留个记号。他的方式太多了，有手机导航，可以张嘴问路，也可以把自己交给接他的那个人。他的大部分生活被计算、被规划，但由此带来的懈怠并不会影响他的生活品质。

　　隔开几分钟，泉水般涌出一批人，有男有女，有老有少，仿佛训练有素的部队，踩着杂乱却有共同内在韵律的步伐，一起一伏地荡过来。此时你可以像运动场上的解说员一样，心里暗暗高喊："请看，杭州方队过来了,他们腰杆挺拔,脚步刚劲,满怀信心……""重庆方队也走过来了,他们如猛虎下山,似蛟龙出海,有着一股不可阻挡的磅礴气势……"一股又一股。

有些人远远地向接站的人挥手,五个指头清晰可见,像在弹空中的琴弦。

人真多,从早到晚,总是熙熙攘攘,拥挤不堪,四处都在排队。有一次凌晨来接人,居然和白天一样,看见荡漾的人头和他们脸上疲倦的亢奋,瞬间以为他们都是魂灵。他们的肉体还在家里睡觉,灵魂已经到这里。身体睡得太香了,完全不知道这边的事。

非洲大草原上的鬣狗,乱蓬蓬跑作一团,抢食猎物,个个散发着混乱、迷茫的眼神,你从那里很难看到坚定,只有恶毒;从它的皮毛上看不到柔顺,只有逆反。但在它们自己,一定有严格的秩序。凡是能一代一代繁衍下来的,都有自己的内在逻辑,而非凭借直觉。每一个身在其中的个体,都在敬畏、恐惧和欣喜中寻找自己的位置,并尽力扩大自己的空间,又不能无限扩大。人类不也如此吗?远远地,一个神灵,皱着眉头,打量这混乱不堪的人间。神灵有自己的条理和秩序,而人类肯定是背离那个秩序的。他们制造的小玩具在空中飞来飞去,毫无生气,粗糙而生硬。神灵轻轻地捏一下,偶尔吹一口气,便是重大的天灾。即使所谓的人祸也都是天灾,神灵遥控着,让某个具体的人走神儿,操作失灵……

6

在飞机上咽下难吃的航空餐，别人打盹，我则经常思考两个问题。

一个是高与低。飞机暂别地面，在天空高高飞翔。曾以为那就是世界上的最高峰，是视野的极限，思维的极限，能感受到的宇宙的极限。其实在它之上，还有另外一个更高的遥不可及的世界。那个更高的世界之外，还有更高更远更渺茫的存在，越往上走，越觉渺茫。

每年回乡，见到幼时的同学和老友。他们活得很滋润，藐视我抽的烟，暗笑档次太低。而他们探讨的某些话题，让我无语凝噎。我隐隐感觉到，他们在地面上，我在空中俯视他们。我的思维和世界永远不能与其交接。故乡已是永远回不去的故乡。而站在更高的空中打量，实际我和他们还在一个层面，并没多少差别，在一个饭碗里吃饭，在一个酒桌上碰杯，在一条道路上携着手走路。

难道我内心深处是要超越他们吗？当然不是。我为自己的脚步沾在泥地里而懊恼。这一辈子，可能永远在泥地里，天空下的泥地。脱离不了自己的肉身，无法与飞机翅膀上的神进行只属于我们两个的对话。

一个是远与近。离地面越远，我越看不见自己，越清晰地看到"他们"。就像我走过一条街道，以前觉得它很长，现在坦然地走过来，并没什么特别。再长的街道，天天走，天天走，量算出每一米的时间，从蚂蚁逛山，一跃变成了巨人，街道都踩在我的脚下。再大的城市都会这样，渐渐变小。同时，这个城市也在渐渐变大。原先不屑一顾的一条小路，走进去才发现那里边有人在哭，她的哭声把整条街道撑大了。有个小孩儿在玩皮球，他的成长也把这条街道撑大了。一盆花,一个小店,随便什么东西,只要和你骨肉相连,它都会渐渐变大,让你有限的身体盛装不下……

一个小黑点,以高于光速亿兆倍的速度,在茫茫宇宙中缓缓地行走。去往哪里,他自己一定知道。和地球擦肩而过时,他在黑暗与明亮中闪了一下。那就是一个人的一生,被记录或被遗忘的一生。

……

诸如此类,都纠缠着我。

走近了,见其小;走远了,见其大。跟平常的经验似正相反。而我之于浩瀚的宇宙,是走近了还是走远了?

此时我就开始无端地想念下面,回到平庸的人群中,在平庸中整理安全感。

谁会在机场接我呢?出站口,谁会举着一个写有我名字的牌子,久久地等我?

7

妻子有一同学T,长得很漂亮,寡言少语,毕业后嫁到外地,除了X外,跟其他同学几无来往。后来听说T婚姻并不幸福。再后来,她离异了,回到故乡小城。单亲家庭的她,似乎也没什么亲人可以投靠。回去做什么呢?妻子偶尔和X见面,聊到T,忍不住为她担心。后来,X说,她也联系不上T了。电话关机，其母的电话也打不通。大家都忙各自的生活，偶尔能想起一个人来，这个人在心里就已经很重了。2019年秋天，X出差到我们所在的城市，约妻子吃饭。妻子很晚才回来，问我，你还记得T吗？我问发生了什么事。妻子哽咽着说，她已经走了。

最近这一两年，一直联系不上T的X，终于决定找一找老同学，她赶往T所在的小城，按曾经的地址找到家中，开门的是陌生人，说不认识T这个人。到派出所去查，才发现，她已经于2013年秋天去世，并销户。看照片，问详情，终于确认。活生生的那么一个人，真实存在过的一个人，在同学们偶尔寻找她的六年时间，她已经在另一个世界里。是自杀，是病故，还是意外？无人得知。

此时我站在航站楼的出口处，漫无目的地踱来踱去，和无数的人擦肩而过。好多次了，也许从那里面走出的一个人，她就是T。

她面目模糊，步伐轻盈而坚定。虽然只见过不多的几面，但我确定就是她。

转悠快整整一天了。我不知道自己为什么来这里，莫非真是要接一个人吗？

还有一个朋友，曾经共事两年。后来我南迁，虽不在一个城市，与他却微信互动频繁。给我的印象是，他的生命特别坚强，永远都不会死。总有一些人会给你特殊的印象。他的朋友圈更新很快。2016年某一天，看他在机场拍的照片，配了一句牢骚话："我经常来这里送别人，为什么没人送我？"第二天，他手机上忽然出现了一条以其女儿名义发的微信：敬告好友，父亲某某昨晚去世。打电话询问，不禁泪流……

站在出口处,我看到他也出来了。

我仍不能确定自己是否专程来接他们的。远远地,和他们笑着挥挥手。

一个又一个我认识的逝去的人,纷纷从那边走来,夹杂在人群中,一点都不突兀。有我的老同事、老朋友、半熟不熟的人,还有我的亲人。不知不觉中,已经有这么多人离我而去。好在,现在他们都陆陆续续地回来了。

他们像是从水中钻出来,头发上淌着水滴。像是从阳光中披着霞晕走来。在细雨中打着油纸伞走来。在巨大树荫下顶着黑白分明的阴影走来。在雷声鼓噪中,悠悠地走来。在静谧的夜晚,无声无息地迎面走来……

他们的一万种方式此刻都变成了微笑,熟悉的微笑,熟悉的面容。

我和他们握手。这不是阴间和阳间的握手,而是天和地的握手。我还和亲人拥抱呢。比如,我的爷爷。

也许我迎接的是我自己。谁知道呢。

他们和我见面就是终点。没有以后的故事了。如果人生是一部电影,此刻必须出现大大的"剧终"两个字,戛然而止。干脆利索地结束,别问下文,谁问打谁。

在深圳捡钱

前言：茂子是我的朋友，她有一个癖好：捡钱。当她给我讲起自己的故事时，我感觉这是一个巨大的隐喻，于是要将其经历写出来，并采取了第三人称。这样，我成了一个站在旁边打量的人，而茂子成了那个"我"。

太阳每天都那么热。下雨的时候，太阳就躲走。不下雨的时候，它立刻挂出来。下雨的日子少一些，不下雨的日子多一些，所以太阳挂在天上的日子居多。

阳光洋洋洒洒地飘落，砸在密密的树叶上，四处乱溅，掉在地上，就成了钱。

走在深圳街头的茂子，总能捡到钱。

刚到深圳那一个月，一汇入密密麻麻的人群，茂子就感觉上不来气。不知道从哪里来的这么多人，随便一条街道都比家乡那个小县城的人多得多。所有人形成一条河流，又卷着所有的人往前走。

他们忙忙碌碌的脚步，踩踏着各种想法。有人在想中午吃什么。有人想着明年该买辆车了，但摇号太难。有人在猜测客户的心理预期。有人为孩子的上学问题焦躁。有人盼着来一场雨,让天气凉快一些。

把这些思路理清,茂子就不那么紧张了。茫茫人海,各司其职。他们挣钱,我捡钱。和谐社会。

第一次捡钱是什么时候?茂子想不起了。她的微信朋友圈里直接从第五次记起。"今天我捡了五角钱硬币。一种新的生活开始了。"此前她几次在路边,在租住的农民房的楼梯上看到零钱,像其他路人一样,无视地走过去了。现在谁还肯为一两角钱的钢镚儿弯腰。

但看见纸币她心里还是会犹疑一下。在她的概念里,纸币比钢镚儿稍微尊贵些。钢镚儿好像是送快递的,纸币好像是收银员,一个风里来雨里去,一个傲娇地站在柜台后面,风吹不着,雨淋不着。虽然他们都是打工的。

那些丢掉的钱币如同突兀的野草,一次次闯入眼睛,茂子有了想法。为什么人们都视而不见呢?钱丢了,得有人捡才对啊。如果没人捡,就像垃圾没人清理,这个世界得脏成什么样子。

茂子去过一些景点,经常看到水池里的硬币,很厚的一层。一定有人策划了这件事,并定期捡拾。若真的任硬币积累起来,很快就会把水池淹没了。那些零散的硬币仿佛是对游客的一声声召唤,来呀,别人都丢进来了，你也该丢一个才对。

　　景点里的硬币是勾引游客的噱头。而街头的钱币是实实在在丢掉了。任其风吹日晒，简直是对劳动者的漠视。矿工辛辛苦苦把矿石从地底下挖出来，造币厂的工人辛辛苦苦将其打磨成精巧的模样，银行又把它们送到一个又一个消费者手中。它带着那么多人的体温，收藏了那么多人的酸甜苦辣。一朝丢进水坑和绿化带旁边，它就会渐渐腐烂，成为一块毫无用处的金属。别看它显得很硬，腐烂起来也很快。一个硬币不想活了，说死就会死，远比我们人类死得快。哀莫大于心死。茂子在路边就捡过一个已烂了一半的硬币。这得经过多大的打击，心里有多少难言的悲伤，才会如此义无反顾。

　　从那时开始，茂子决定把它们捡起来，见一个捡一个。有个鸡汤故事说，一个孩子在海边捡起被潮水冲上岸的鱼，一条条扔进大海里。有人劝他停止这种犯傻行为。你捡不完的，九牛一毛。孩子说，起码被扔进海里的那条鱼在乎。

　　茂子想，深圳就像一个大海，我在海边捡鱼。那么多没有犯错的钱，被无辜地抛弃，掉进生活的阴影里。自己捡起来的这一个，被清洗成一个崭新的硬币，重新流入市场，从一只手中递到另一只手中。它将获得新的生命。从前一任主人身上掉下来时，相当于在生命的悬崖边上晃了一下，被茂子拉了一把，再次回到了阳光下。它将会更加珍惜接下来的日子，一次次完成自己的使命，无论被当成买水果的零钱还是买白菜的零钱都无怨无悔。

　　茂子忘记了是从哪本书上读到的，说一个人一辈子似乎做了很多事，但能留下的,让人记住的,也就一两件。这一两件事就成了某人的符号。匆匆忙忙,奔波劳碌,最终贴上这个标签,这一辈子就可以完结了。有人一辈子的符号是种稻子的农民。有的人开收割机。有人是电工。村东边那个姓黄的人死了,大家就说黄电工死了。他这一辈子干的所有事,被"电工"两个字简单粗暴地概括。有人更惨,一辈子连个标签都没有,死的时候和蚂蚁一样平庸、落寞。

茂子想,将来被人说起来,我捡了一辈子钱,是不是大不同?

捡钱没什么技术含量,只要时常低头看一下地面就行了。行人走路的时候,基本都是看前方的空气和空气中的事物。没人看天和地。天上除了蓝色,只有太阳和云彩。云彩太浮,太阳太燥。看久了心里发慌。还有偶尔掠过的一只飞鸟,坏坏地扔下一摊鸟粪。

地面却是一个相当复杂的世界。它会强烈吸引你的注意力。小孩子低着头走路,一头撞在树上。年轻的妈妈气得数落他。她哪里知道孩子已经沉迷于脚下那来来往往的蚂蚁群,几片无缘无故落下来的绿叶,一条急于拱出地面的树根,一块小小的石子,和石子旁边的一个硬币。一声怒喝,被妈妈打断思路的孩子,"噔噔噔"地跑开了。硬币叹了一口气,继续等待。

直到另一个低头刻意寻觅钱币的人,一个四十多岁,清清爽爽,白白净净,留着齐耳短发的女人远远地走来。她是深圳的闯入者,如今已是将深圳浸入骨髓的一分子。她的身影渐渐笼罩了它。它用尽力气,闪了一下光。

移动支付，持一个手机万事皆行，身上带现金的人越来越少。再过些年，人们都不知道为什么还要带钱。零钱用处就更少。好在这会儿人们还有一点惯性。

"今天捡到一元钱，第三十八次捡钱。"茂子把这些记下来，按次序发在朋友圈里。一角，五角，一元。越往后，她的态度越认真。有时还发点小感慨："一角钱价值不大，然而捡钱的感觉真的很好。我开心，我记录。"

茂子一直大大咧咧，甚至是没心没肺。当年她从师范学校毕业，等待分配的那几个月，住在县城的哥哥家。做完饭忘记把燃气关掉。新婚嫂子发现的时候，燃气塑料管已经烧煳了半边。哥哥和嫂子吓出一身冷汗。还有一次，她发现自己的存折不见了，没敢告诉嫂子，自己到银行悄悄挂了失。嫂子翻找资料，在一本书中看到她的存折，递给她时她也没敢说出真相，怕哥哥嫂子笑她马虎。

到深圳后，她的神经更大条了。

深圳人缺少浓烈的情感。在老家的时候，她经常听到这种评价。现在渐渐明白了原因。深圳人太多了，即使你是棵孤独的树，每天也有各种各样的事找上你。一个朋友没有，起码房产中介和小额贷款的人会打推介电话。有人说这是骚扰电话，但时间长了，也就成了生活的一部分。无穷无尽的事，连续不断的事把你的时空塞得满满当当，密不透风。你在一个个乐观和失望中颠簸。

浓烈的情感像酒一样需要酝酿。需要时间，需要白天和黑夜的轮回。但你醒来，新鲜的事已经眼巴巴地等着你了。昨天的情绪还没来得及消化,就被新的事物挤掉,排泄出去了。

她在这个城市找到了和自己契合的气质。原来,这个城市的性格就是我的性格,我可不愿意做个忧伤的人。

茂子看上去什么都不在乎,但认准一件事,就会把它当成和吃喝拉撒一样的必然,驴子拉磨一样竭力前行。

万念系于一处,一件小事成了一件无比重要的事。

一段时间内,她捡到的基本都是一角的钢镚儿,像中邪一样。

雨说来就来,说走就走。叶子上没来得及滑下的水珠,雨停以后还在慢慢悠悠地滴落。路边一个一个的小水洼,亮晶晶的,很浅,盛满了阳光。远远看到一点不同的亮光。那个硬币就在积水旁边成了装饰品。

今天肯定是一角钱。低头细看,果然是一角钱。

茂子不会为一角还是两角纠结。捡钱多少,没有规律,今天一角,明天递增成两角,后天五角。真实的生活都不敢这样运行,何况这种侥幸。但她内心里更喜欢五角的硬币。质地坚实,金光闪闪,她觉得这才是宝安的颜色。

宝安是深圳的一个区,最早的深圳特区却是从宝安县划分出去的。

宝安是什么颜色呢,有一年四季的绿。有各个季节鲜花的粉红、深红、嫩黄、紫色。有广阔的天空的蓝。但这里聚集了大量的人,都是为改变生活而来的,很多人心里都充满了向往。他们集体凸显了一种颜色。金色没那么俗气,它恰恰是雅俗之间的一个临界点,不红不灰,不艳不颓。

偶尔捡到一个五角的,茂子就把自己的开心扩大一倍。她或许不能控制自己不开心，却能控制开心的额度。捡到钱，有时暗笑一分钟，有时暗笑两分钟。暗笑五分钟就算是极度开心了。

纸币也有一些，一角五角一元的都有。但基本上五元就是极限了，五元以上的从没捡到过。也许是面额稍微大一点的，主人都比较在意了，不会轻易让它们丢失。从这个角度讲，失主最终把那些丢不丢失无所谓的东西给丢失了。只要他们不打算丢失的，都会坚定地留在自己的兜里。

这样想茂子心里就踏实了，真要捡到一百元的，自己心里一定会嘀咕，觉得自己做了错事。一百元钱还是能办一点事的，起码够两个人吃顿快餐。捡钱应该是不痛不痒的事，无伤大雅，对谁都没什么损伤。失主一笑了之，捡拾者却似捡个大便宜。此种情形类似于小赌怡情，既有乐趣，又没有受害者，两全其美。

一百元摆在面前，捡还是不捡？即使丢失者无所谓，那也非茂子所愿。她捡了人家的东西像偷了人家的东西，这就背离了初衷。

茂子等公交大巴的时候，一辆洒水车沿街开过来。深圳雨多，街路很干净，平时也少见洒水车。一次蒙蒙细雨中见一辆洒水车正一丝不苟地沿路狂喷。心想，这司机是个奇葩吧。后来同事告诉她，司机收了人家的钱，就要按期完成任务，洒水是他的任务。下雨天，没人叫他停，他就不敢停。

真的很无奈啊。应该叫停司机的人干什么去了？

雾蒙蒙的水从天而降，路人纷纷躲闪。

茂子躲到一棵榕树后面，榕树深褐色的气根笔直地垂下来，扫着了她的头发。一偏头，看见那里有一个硬币。

她脑子里闪过一个念头，这不就是缘分吗？

有一次她和朋友开车出去玩，脑子里也闪过这样的念头。前面的车开得很慢，不用问都知道，司机要么在看手机，要么在打电话。她们只好跟着慢慢向前挪动。忽然，前车很快地开走了，可是红灯也亮起了。朋友踩住刹车，等待绿灯。

等她们再开走的时候，外面的世界已经发生变化。那辆拐弯时和茂子擦肩而过的电单车，本来不会和她遇见。如果她们按部就班地过了那个红灯，茂子经过拐弯处两分钟后，电单车才会出现。

所以她们也不会看到一个老人牵着一个小女孩。也要等她们经过两分钟后，他们才会站在路边。

她们也不会差点轧到一条突然闯出来的狗。

也不会没有车位。也许两分钟前，正好楼下的一辆奥迪开走。过了一分钟，一辆比亚迪开进空位。如果茂子她们早来两分钟，那个车位就是她们的了。

有个同事拿着昨天买的彩票痛心疾首地在办公室里说，你们看啊，开奖号码是1234567，我的号码是2345671，就差一点。另一个同事看了一下说，你这是一个号码都没对上好吗？

错开一个数码，整个世界都错开了。

茂子捡到这个硬币的时候又错过了什么呢？

有一次茂子远远看到一个闪闪放光的东西，直觉那应该不是一个硬币。虽然非常像。

确实不是。那是一枚薄薄的、圆圆的钢片。

摸索的硬币多了,茂子就会留心这些钱。一个一角的钢镚儿和另一个一角的钢镚儿有什么区别呢?似乎没区别。它们都遭到遗弃,都要在一个接一个不同的日子里等待另一个机会。但一角钱和两角钱的手感的确不一样,和一元钱更不一样。两角的硬币非常少见,据说市面上已经不流通了。茂子曾把偶然捡到的这个两角钱出示给朋友们看,一个朋友说这种硬币能卖好几百块钱呢。茂子着实惊喜了半天。她决定将其单独存放。一元钱的手感最不舒服,有点重,有点压力。

很多人一眼可以认出那些硬币,但把硬币拿开,让他说出硬币正面是什么,背面是什么,他说不出来。人也是这样。某个场合认识了一个人,还互相在微信朋友圈点赞,当真正有急事联系他的时候,却发现连他的电话都没有。

掉在地上的金属,如果是游戏币,倒还说得过去。起码是个有用的东西。这么一个钢片有什么意义?制作它的人目的是什么?又为何将其丢弃在路上?它到这个世界上走一遭,就是准备被抛弃的吗?它也有过梦想和摩拳擦掌准备大干一番的生活吧?连专门捡拾硬币的茂子都不准备给它第二次机会,它这一生所为何来。

茂子通常手比脑快,正犹疑它是不是硬币,伸手就捡了起来,若有所思地打量了一下,然后顺手扔进了身边的垃圾桶,她仿佛听到"砰"的一声。

直觉很有意思。有时候感觉这一天要出事,尽管眼皮不跳,心里不慌,但还是不怎么踏实,结果不小心摔了一跤。摔完以后,心里就平静了。

有时感觉有好事,但茂子行云流水般过完这一天,根本没发生什么好事,生活一如既往地前行。没有加薪,没人示爱,没有接到别人的饭局邀请。但总得发生点什么吧?下班时在单位门口的彩票店试着买了一张彩票,晚上开奖中了二十元。她心里的石头落了地,又是"砰"的一声。

这天清晨,在炒米粉和及第汤的香味中,在背着书包、低头猛吃早餐的小学生们的缝隙里翩然走来的茂子,又远远看到一个直觉不是硬币的亮光。

走近,低头。茂子笑了,原来是一个两元的港币。

港币在深圳不容易花掉,只能去香港花。宝安离香港很近,跟一个城市一样。茂子的老板有不少香港朋友,上午过来和老板吃早茶,然后抽烟泡茶聊天,吃了晚饭再回去。有些本来就是内地人,后来在香港定居了。

茂子的同事和朋友们周末也经常去香港逛街。茂子跟着去逛过,但几次后就再也不想去了。香港一些餐厅的服务态度太差,经常不耐烦,这边厢饭还没吃完,他就站在你旁边等着收拾桌子。说句不好听的话,仿佛人还没死,便有人站在旁边等着收尸。这跟台湾的餐厅差远了。她随团去过一次台湾,虽然被驱赶着走马观花地看了一些烂俗的景点,但人家那是真客气,做事慢条斯理,讲话温柔,嗲嗲的语气,好像个个都是林志玲。连男的都像林志玲。

人民币和港币在香港都可以用,但找回来的,基本都是港币。也可以刷卡,很方便。在一些小店,买饮料时,还是要用到硬币。内地硬币是一分二分五分,一角两角五角,一元,形状由小到大递增,香港硬币不循此规。最大的是五元,一元次之,十元的最小,二元和五元的一般大,但二元硬币边缘不圆润,呈齿轮状,摸上去有些硌手。一角钱不叫一角钱,叫"一毫",两角是"两毫"。两毫也是不规则的齿轮状。

二元港币既不是人民币,也是不规则的圆形,直觉它不是硬币,当然合理。

将其捡起来,茂子都有些佩服自己。直觉这么好,真应该去买彩票。

但为什么当初选夫婿的时候,直觉不对呢?似乎可以地老天荒的姻缘,最后还是两分离。

想到这里,茂子马上停住,不往下想了。

一杯牛奶掉到了地上,杯子已经破碎。她就不会再回头看一眼。

那过去的二十年,二十多岁到四十多岁,一转眼就过去。

这么美好的深圳,这么多的可能性,自己还年轻。在这样的城市里,有什么理由不年轻。不要说沉浸,就是饮一杯往事都是跟这个城市过不去。

茂子已经把捡钱变成了和失主的默契。如果某一天没有捡到,她会认为对方失约了。那个丢钱的人对不起她。

而生活中的点点不如意,各种小小的酸甜苦辣,都被捡钱这种事消解了。捡钱的那一刻,和此后好长时间,她都感觉像刚刚充完了电,要适当释放一下能量。

她也有了一套自己的流水作业:发现、捡起、打量、撕下半边餐巾纸，将其包起来，紧紧攥在手心里，回家后用洗衣液清洗那些硬币，擦干净，再丢进扑满中，纸币则丢进另外一个扑满。

她忽然想，那些在工厂里煞有介事做工的人，不也是这样干活吗？深圳有无数产业工人。茂子租住的农民房里，住着好多女工。下班的时候，洪水一样涌出来，淹没了她。她仰泳，潜泳，狗刨，都拗不过这股洪流。那些穿着统一工装的人，在流水线上同一个动作重复几千遍，几万遍，要说技术含量，和捡钱这种事估计也差不多吧。

但她不敢跟那些产业工人这样讲。她会被认为小瞧她们。何况自己跟她们也没什么交集，没机会推心置腹地交谈。

其他看上去复杂的、高大上的工作，其实跟捡钱也没什么区别。那些人是自己把自己神化了。要说真正的辛苦，还是农民辛苦。茂子小时候住在镇上，去乡下的亲戚家，帮着收割稻子，手持镰刀，在太阳底下弯腰、抬起，再弯腰、再抬起。一个下午时间，身体都被山脚下不大的那块土地累垮了。那时她终于发现，土地太深邃了，任何一块土地都能轻松埋掉一个人。农民的劳动简单而痛苦。每天都要被这些土地埋进去一点，他们拼命挣扎，却怎么都挣不脱。一个人在土地面前是多么渺小。

捡钱也算是一种劳动。茂子付出了劳动，这些钱应该是属于她的了。但她还是有时产生受之有愧的感觉。她可不像有些人一样认为凡我之物都是天赐。

如果按照小学歌谣里唱的那样交给警察叔叔，警察是否以为茂子在给他们出难题。警察到哪里去找失主？他们有可能"一怒之下"替茂子捐给公益组织。与其那样，还不如自己直接捐。

日积月累，买个房子呢？想到这里，茂子忍不住笑起来。以现在的收入看，一辈子都别想在深圳买房了。深圳地盘虽然不大，但密密麻麻种满了房子，没事的时候她曾经计算过，按官方公布的房子数量除以人口数量，其实是可以做到每家一套房子的。凡事只要一平均，世界就是美好的人间。

可以去助人啊。对。虽然茂子不是很喜欢助人这个词。"助"字一说出口，人心里就先存了善恶。人分善恶，情分深浅，人为地制造了一个界限。她希望受助者知道：我不是帮助你，而是你应该得到的。

她蹲下身，把几个一元硬币送给路边一个面容枯槁的老头。浓密得显得低矮的榕树下，老人半躺半坐着，低头打瞌睡。那么热的天，他还穿着一件黑色的外套。面前摆放一个搪瓷缸子。他应该得到茂子至少几元钱的关心。

上川路和前进路交会处，经常出现一对卖艺的老年夫妇。上下班高峰期，男的拉二胡，女的坐在旁边，偶尔整理一下家当：音响、坐垫、水盆，也不知他们为何每天都大包小裹地上街。

茂子也时不时想给他们一个钢镚儿。但那老头拉得太难听了，经常跑调，一首《好日子》硬是和《敖包相会》串调。从那里经过时，茂子很想给他纠正一下。一个人只要随便拉一拉都能拉得比他好听。何况他拉了这么长时间，自己边拉边修正，也应该十分娴熟了。音调优雅一些，不为讨好别人，起码可以取悦一下自己。但他执着于自己的跑调，乐声飘荡在交警和行人的头顶，又半死不活地砸在黄昏的地面。一点美感没有。可见老头毫无进取心。茂子看见老年人就会本能地心软。但一想到要绕过人群特意走到他们面前去,就打了退堂鼓。

倒可以给那个弹吉他的小伙子。

那是一个认真卖唱的人。周末的傍晚,风稍微凉爽了一些。榕树的阴影越来越浓。一座挨着一座的握手楼似乎活跃起来,兴味盎然地打量着脚下的蚂蚁群。在流塘路路口,小伙子身后拽着长长的电线,怀抱吉他弹唱自己创作的歌曲。心事重重的行人目不斜视地从他身边走过。他也目不斜视地盯着前方。

深圳这种地方难得冒出这么一个文艺青年,这里 IT 男和金融男居多。其实深圳还是很关照文青的。各行各业的艺人都可以在市政府前面的中心广场上摆摊、卖唱。官方还给一些街头艺人颁发了证书,证明其合法性。正是这种包容,才让深圳显得生机勃勃。据茂子观察,她身边来自四面八方的人,几乎都有自己的特长。这些特长到底有多长,她说不清楚。她想,如果在家乡混得特别好,躺在功劳簿上,谁还愿意出来?人总是有惰性的。但这些人的特长在深圳这个地方得以蓬勃发展,就像野地里没人管没人问的稗草,最后也可能长得很高很大。

于是,一天下班后,她特意在那个男孩儿面前放了两个硬币。男孩边唱边转回头来温柔地看了她一眼。茂子心里轻轻热了一下。

茂子业余捡钱的事成了同事们的话题。同事们都说,不错不错,以后我们帮你捡,看到零钱也捡给你。这就是茂子喜欢深圳的地方,无论做什么稀奇古怪的事,大家都不会觉得稀奇,都会有人支持。

已经离异多年的她在那个小县城里其实过得也不错。她是个美术教师，收入中上等，再找一个般配的人也不是什么大问题。但春节时一个多年不见的同学找她玩，说深圳多么多么好，你应该去那里，那里适合你。她的家乡离深圳并不远，自驾也就三四个小时的路程，但在一个地方浸润长了，就把这个地方的一草一木长在身体里了，离开它就像撕开了身上的皮肤。茂子没有那么多愁善感，向来想起来就做，她一激动，辞掉干了二十多年的教职，懵懵懂懂地乘车到了深圳这个被称为宝安区的地方。

茂子租好房子，先是认真投了几份简历，均没回音。四十多岁，心态已相对从容，再加手头还有点积蓄，便也不着急了。有空就出去逛逛，在大街小巷走一走。地名和建筑越熟悉，越会产生"我在此地"的归属感。有一天在小区里看到一个敞开的店面，几个人在那里喝茶聊天。其中一个和茂子在社区文化中心闲聊过几句，算是熟人，便请她坐下来。原来这是一个刚成立不久的文化公司，几个股东正在物色员工，了解了她的情况，说，我们缺个跑腿的人，你来我们这里干吧。她就答应下来，后来居然还做了办公室主任。在深圳待了几年后，茂子发现自己的"奇遇"并不稀奇，每天都会遇到各种各样的陌生人，有什么事，几个人一商量，马上开干。干不好，散伙。什么事都好说，没那么多啰嗦话。

茂子总结了一个规律。超市和公交站点最容易捡到钱。公园里次之。小区再次之。其他地方随机。菜市场本应是捡钱最多的地方，但其实不是。那里老年人频繁出没，一些老人也喜欢捡钱，捡到以后也是欢天喜地的样子。这样茂子就捡不到了。但她想，谁捡不是捡，谁高兴不是高兴。老人们高兴，自己也会高兴的。

夹杂在人潮中随波逐流的时候，茂子忍不住猜测，丢钱的到底是哪些人？他们都是做什么的呢？是年轻人，是老人，还是小孩子？是男是女？是聪明的人还是个二愣子？人这一辈子，来来往往要和多少人擦肩而过。其中一个丢了一块钱，另一个捡到了，这是多么奇妙的关系。本以为从此再不相见，岂不知回到家拿出钱来却映出另一个人的身影。

那个人是怎么丢这一块钱的，掏兜时不小心掉的，还是裤兜（钱包）破了一个洞，一元钱趁其不备，悄悄逃了出来？

那个丢钱的人，是否知道自己丢了一块钱？他会不会有一丝丝的懊恼？当然，绝大多数人可能连知道都不知道。谁还在乎这一块钱。

有几次她发现一个老太太总坐在665站点附近的台阶上。黑色的裙子，头发花白，梳理得服服帖帖，整整齐齐，一阵风吹过，树叶子哗啦啦直响，却没有一根头发站起来跟风打招呼。深圳年轻人多，无论乘公交巴士还是坐地铁，茂子总会发现自己是车厢里最老的人。一张张稚嫩的面孔里，倒映出她二十年前的日日夜夜。自己也忙过，也爱过和哭过。如今再打量，却发现是那么遥远。二十年到底有多远？怎么测量？

老太太在人潮中像一块石头一样岿然不动。她让茂子看到了自己的二十年后。

那块地盘好像天生就是老太太的，谁趁她不注意，先坐到那里去，就是对她的侵犯。

而茂子在那个地方捡到过三次硬币。她确定老太太就是丢钱的人。

如果不是怎么办呢？茂子问自己。

一定是。她给了自己明确答案。她自己也不知道为什么敢这么肯定。

是她又怎么样？

故事到此就结束了。茂子不能走过去问她是否丢了钱。即使丢了，你还能还给她三块钱？老太太能记起来吗？

即使，老太太接受了，又怎么样？

她和她，只有丢钱和捡钱的关系。不会再有其他。其他的故事只能由其他人来和茂子演绎。如果一生所有的故事系于一人，岂不是太恐怖。城市里还要这么多人干什么。两个人就够了。

于是茂子心安理得地在那里捡钱。此后，她又在665站点捡到过三次。有一角的，五角的，还有一块的。有一次老太太在场，有两次不在场。她更确认这跟老太太有关。不在场的那两次，一定是她丢完之后，看茂子没来，悻悻然地走了。茂子觉得挺对不起老太太的。那么一个优雅的老太太，自己怎么可以失约。

日复一日，茂子已经把老太太当成天然的存在。让她安静地坐在那里就好了。茂子不会贸然打扰她。在心里想她想得深入一下，都会搅扰了老人的安宁。茂子也不敢凑近去细细打量老人，那样就搅扰了自己的安宁。这个世界，本来是安宁的，不要轻易往池塘里丢石子。石子丢下去，谁知道会惊出什么东西来？

此后连续两个月，她都没在站点捡到钱。她觉得老太太有点小心眼。自己只是错过了两次，老太太就不丢钱了。这可不好。

转眼冬天来了，665站台那里还是花红柳绿的，异木棉和紫荆花香气扑鼻,被风吹落的紫红色、粉红色花瓣儿,偶尔会飘到头发上。路人有的舍不得掸掉,就顶着花香前行。但天气凉爽了许多,茂子在厚裙子外面套了一个绿色的外套,这样看上去显眼一些。她希望老太太能注意到自己来了,丢钱会更积极一些。

在冬至那天,茂子终于又捡到一个五角的硬币。

老太太最终还是释然了。

其实老太太自始至终都背对着她,茂子从没见过正脸。

茂子不知道自己会捡到什么时候。四十多岁,她感觉自己的日子才刚刚开始。深圳的日子,于她是另一种生活。

自在传说深圳

第五辑

掺阳光

沙漠里的阳光最原始,最正宗。直直的,一点不打弯;烈烈的,可称之为暴躁。谁也管不住它,谁也不敢惹它,只能它打你,刺激你,你还不了手,也躲不开。干挨着吧。在沙漠行走的骆驼和旅行者,并不喜欢阳光。他们身体里的水都被阳光揪出来,变成了盐。时间若足够长,人和骆驼都要变成木乃伊。

深圳的阳光绝不这样残忍。人人都说岭南热,但那不能归罪于阳光,是地下散发的热。土地本是发热体。热不是从上往下,是从下往上。从脚跟钻进躯干,再往肩膀和脑袋上跑。脚比脑袋受热多。脑袋上接触的阳光,不直,不烈,被掺了沙子。掺的当然不是沙漠里的沙子,沙漠里的沙子太沉,偶尔形成沙尘暴,终究还是要落下来,无法进入阳光的身体。掺沙子只是一个比喻。

深圳的阳光,被掺了其他东西。

它被掺了水。南方雨水多。毫无征兆地,就来一场雨。雨水和阳光一样多。有时候阳光和雨一块落下,即传说中的太阳雨。地下的水也悄悄逃出来,夹在阳光里,分不清哪是阳光哪是水,都很亮。上面的水和下面的水,先是黏在阳光的身上,再是渗透进去,成为阳光的血液。阳光变湿润了。暴烈的脾气,犀牛一样的蛮力,都有所消解。温和、细腻、明事理。扎在皮肤上没有刺痛感,柔柔的,潮潮的,仿佛女护士打针时,先用酒精球在皮肤上擦一擦。如果闲着没事,用杯子接一杯阳光,甚至可以润喉。

还掺了风。风从海边来。有海的地方就有风。海浪一波一波把风推上岸,送进街道。海风看见阳光就要抱它。阳光一躲一闪,东倒西歪。虽没变形,但风会把它吹细。粗大的阳光,一团一团的粗铁丝,生生让风吹成了一根一根的头发丝。海风又如做拉面的高手,不厌其烦地抻它,一遍又一遍。阳光越来越细,越来越细。行走的人,夹着文件包,头上披着这样的阳光,什么都感觉不到。

还有山上的风。深圳的山真多呀,有的高有的矮。有山的地方也有风。山风比海风接地气,比海风韧。阳光对它更警惕。见它来,会有一点小小的反抗。你细听,阳光在轻呼。过一会儿,光和风就开始谈恋爱了,少男遇少女,总有共同话题。呼喊成了吟唱。阳光唱着歌,在楼群间洋洋洒洒。阳光和山风携着手落在地上,地上都流满了歌声。但你得侧耳倾听,否则听不到,白白辜负了它。

深圳的阳光还掺了叶子。深圳树多。橡皮榕、樟树、大王椰、蒲桃、大叶相思、水石榕,布满了大街小巷。它们的叶子一片一片,均匀散布在半空中。叶子如果只有一个作用,那一定是过滤阳光。阳光都变绿了。绿阳光在叶子上踮着脚尖跳芭蕾舞。落在地上的阳光,因为被过滤得太狠,干脆变黑。树底下一块黑一块白。黑的地方居多,白的地方少。阳光里还有一种绿叶的味道。你提着鼻子闻。别停,多闻几下。绿叶把树木中的气味都给偷出来了,交给阳光。阳光再落到你身上,你身上就有了绿叶的味道,其实是大树的味道。从树下走过的时候,你以为和大树没关系,哪里知道它们拐弯抹角找上了你。

是的,灰尘、工业废气,也会掺进阳光中。此时阳光知道自己不能落下来。就像好几天没有洗澡的人,不愿进入人群。抬头望,低矮的灰蒙蒙的雾霾天。阳光躲在后面,一遍遍擦洗自己的身体,直到干干净净,才心无挂碍地出门。下面还有水、风、绿叶等着自己呢。

深圳的阳光每天都不一样。有时掺的雨水多一些,有时是风或者绿叶。它每天早晨,揉着惺忪的睡眼先寻思寻思,到底哪一个更多。这样想着,它就下来了。无论是哪一个,它都会惊喜,都会高高兴兴。

无论掺入了什么,阳光还叫阳光。

遥远

最早的遥远在格陵兰。还是初中的时候,在地图上看到格陵兰,孤独的一块岛,悬挂于冰冷的北极,想象着如果我被抛弃在那个地方……只是灵光一闪地想象了一下,便不由自主地打了几个哆嗦。看来我很小就有当作家的潜质,感受力太强,一张枯燥的图片和几句僵硬的注释,就让我身临其境了。

再往后的遥远,是东北。成长于华北大平原上的我,从小对江南充满向往,铺着石板路的小巷,下着蒙蒙细雨,即使你逢不着结着丁香般愁怨的姑娘,也会有无限的诗意扑面而来。我喜欢这种腔调。至于东北,应该是中国版的格陵兰吧。不敢细想。

报考大学时填报志愿,我填的差不多都是江南院校。在参考志愿中,却鬼使神差般填了东北师范大学。真是鬼使神差,就像一个孩子,家长不让碰什么东西,总想悄悄碰一下,再马上躲开。心里住着的那个家长,终究没有管住自己孩子的手。在等待命运抉择的夏日夜晚,我做了一个梦,梦见自己在没了膝盖的雪地里艰难地行走。周围一个人没有。遥远的枯树像一个小黑点,总也走不到。这样想着的时候，被尿憋醒。月光下，坐在床边愣了半天。几天后，我收到了东北师大的录取通知书。

在东北一待就是十八年，娶妻生子、工作、买房，像个最平庸的人一样过着最平庸的日子。其间，无数次一个人在寒冷的冬夜，长长的街道上，昏黄的路灯下，孤独行走。那种荒寒和冰凉，一直深入骨髓。我的遥远终于变成了切近。十八年间，我无时无刻不在想象遥远的南方。此处之遥远已经超越了江南，变成了岭南。从来没有到过岭南，恰可以给我更多的想象：那里四季温暖，细水长流，五颜六色的花朵在身边摇头晃脑。这个遥远不是恐惧，反成向往。梦寐以求的向往。

再以后，我到了岭南，开始了另一种生活。也曾于鸟鸣啾啾的清晨扪心自问，还有遥远的地方吗？

答案是没有。我深陷当下。所谓岁月静好，不过如此。少年时的恐惧和向往被一一抹平了。今夕何夕，月已不是月，我已不是我。

2020年初始，一场瘟疫席卷了全国。无处不停工，无处不封锁，曾经熙来攘往的大街上，空无一人。偶尔一辆汽车孤零零地驶过，就像末日世界里唯一留存的悲伤的人。忙忙碌碌的树叶子全部静默，它们对这迅疾的变化还没反应过来。但也有意外收获。朋友告诉我，晚上可以看到星空了。我们身处的偌大的城市上方，居然有了星星，不是灯光伪装的，是真正的星星；不是一颗两颗，是无数颗。

　　这个夜晚，我走到阳台上。恰逢阴天，有点潮湿有点温凉，灰蒙蒙一片。我不甘心，戴上口罩，跑到楼下去仰望天空。什么都没有，天空连接着街道，还是灰蒙蒙一片。我努力拨开结满灯光的一座座楼房，睁大了眼睛，一无所获。但我的心飘到天上去了。那遥远遥远的天上，一个孤单的我，跋涉在灰蒙蒙的泥泞中。周围一个人都没有，古怪的声响正悄悄酝酿。像幼年一样，我又开始产生恐惧了。

枝杈里藏着一个孩子

一出门就被门口的榕树吓了一跳，两根枝杈向上举着，呈 V 字形，仿佛一个人在做伸展体操。它采取这种姿势应该好多年了。枝杈不可能今天 V 字形，昨天 U 形，前天 S 形。只是原先没有注意到，今天一抬头就看到，心想，它这是干吗呢？

深圳的街道上都是树。和很多人一样，我最先看到的是树干。其高度决定了我仰脖子的角度，是钝角还是直角，总之不能是锐角。其次看到的是花。岭南很多树都开花。春天的木棉，夏天的夹竹桃，秋天的决明，冬天的紫荆花。花朵夺目。一个事物站在那里，最显眼的部位便成唯一的存在。再次是叶子。有的叶子硕大而锐利，像大王椰；有的叶子小巧玲珑，如赤楠。少有人注意到枝杈。其实枝杈才是一棵树的骨架。无它，整棵树都要瘫痪。树根的营养送不到神经末梢，花朵无所依傍，树干孤零零。但枝杈有像没有一样，大音希声，大象无形。一天天过去，世界并没缺角少边，直到它们突然拦住了我。

我眯着眼睛，仔细打量，看到枝杈里住着一个小孩。

想想也对，谁能 V 字形一摆好多年？你可以试试，一个小时就得累昏过去。若无人气以定力支撑，枝杈肯定受不了。那个孩子不容易分辨出来，他已和枝杈融为一体。可以说枝杈就是孩子，孩子就是枝杈。上面两个圆圆的疤，就是孩子的眼睛，还滴溜乱转呢。苍黑的面容不掩其稚。找了半天，没找到嘴。再想，他根本不用说话，只管呆萌就好了。八个月大的孩子吵吵闹闹，年轻妈妈往他脑门上贴了一张从袜子上撕下来的标签，他一下子定住了，半天没有动。揭下标签，孩子又活蹦乱跳起来。如是者三。树叶就是人给枝杈贴的标签。清晨时分，树叶（静止符）还在睡，暂时失效，枝杈里的孩子忽然清醒，随着枝杈动起来。于是我看见他了。

一只鸟在枝杈上蹦来蹦去，为它挠痒。

那个孩子于枝杈里长大，裸露着全身，在风雨里，日日夜夜，所以他不仅仅是个孩子，他已修炼成神，但孩子的逻辑还没有变。孩子和神的逻辑一致，二者均无成人的心机。有心机的成年人看不懂。夜半，枝杈会摇动起来，带动了风。不是风吹动了它们，是它们摇动的风。风替它们窃窃私语。那些话只说给自己听。酒醉夜归的人，吸着烟徘徊在树下，却完全听不懂，所谓春风过驴耳。枝杈说完，灯光隐去，然后继续呆呆地举着双手。

我究竟做了什么，在如常的早晨，竟有了这样的机会。潮湿的风轻拂额头短发。枝杈晃一晃，让我知道了它的全部秘密。

我看着那个枝杈，想往前走，不太敢走。想往后退，又没有理由。我和它愣愣地对视了半天，直到那个 V 字慢慢消失。我给它敬了一个礼，心事重重地走了。

　　旁边过去几个人,看到我对树敬礼,也许会笑话我。他们岂知我心潮起伏。

雨打芭蕉

有芭蕉处，必有雨。天上的水，于宽大的叶子上凝结成珠，在阴暗的墙角闪闪发亮，终究站不稳，滚落到潮湿的青砖上。夜半，雨细密而急迫，打得叶子不均匀地响。屋子里的人，被这安静惊醒，再也睡不着，想起好多事，童年的，少年的，爱的，愁的……再多的恨都会停留在愁，不肯往深处推进。

李清照词曰："窗前谁种芭蕉树？阴满中庭。阴满中庭。叶叶心心，舒卷有余情。伤心枕上三更雨，点滴霖霪。点滴霖霪。愁损北人，不惯起来听。"白居易也说："隔窗知夜雨，芭蕉先有声。"一句接着一句，更把雨和芭蕉黏在一起。一天上一地下，一动一静，一明一暗，一白一绿，一聚一离，酿成闲愁一种。

这芭蕉，这隔开欢欣与号啕的情绪，北方有，江南有。不要再往南走。到岭南，成了另一种事物。

听广东音乐《雨打芭蕉》，清越婉转，却无一点愁绪。不似山陕民歌，入耳便悲苦。岂止这一首，几乎所有广东音乐都听不出悲愁。也许是生于北地长于北地，无法进入此情此境。更或是，此地自古即便有悲苦，也迥异于北方表达。远来的人，一辈子都注定游离于外。

那日，在市场上见到卖芭蕉者，貌似香蕉，比香蕉略小。未熟者，味道微酸。忽想起，北方乃至江南的芭蕉，均有叶无实。雨打蕉叶沙沙响，哪有果实可打。岭南芭蕉，闷热之夜，密雨斜侵薜荔墙，却是敲在逐渐变黄的一坨芭蕉上。

这边厢的夜雨，找不到酝酿闲愁的搭档。那成型的芭蕉，如同腆着大肚子的女神。醒来的孤客，内心里不由自主把它演算成了大嫂。

饮食无悲情,笙歌皆闲愁。

慢的对面是快

只要离开深圳,哪里都慢半拍。这种感觉很迅疾,如同在桑拿房里蒸了半天,突然扔进冷池。成都,那么繁华的大都市,一出机场,心想,这是放了慢镜头吗?为什么人们都似云中漫步(类上世纪八十年代的霹雳舞)。到南京,看人们排队,都不慌不忙的。其实,跟定一个人,用计算器测量一段时间内他的脚步频次,不见得比深圳慢。这是一种整体的氛围,含面部表情、肢体行为、身体柔韧度、头发的漂浮度以及人和人之间的距离,甚或汽车碾压马路的声响、植物叶子的颜色,等等。在广东一个叫作清远的城市,饭后于稀疏的灯光下漫步,走得稍微快一点,就落下了本地做东的朋友,简直是罪过。

这种突如其来的慢,可以让你看清人脸上的皱纹,鲜花打开的节奏,闻到臭豆腐丝丝缕缕的探索。万物都真切了,越慢越真切。真切即美。盯住一只苍蝇看,互相一动不动,都能感受到美。它的翅膀,它灵活的两只前脚。阿尔卑斯山谷中有一条大路,路边有一块标志牌,上面写着:"慢慢走,欣赏啊!"就是要把自己的美展示到极致。

  但这种"慢"持续不了多长时间。恐慌很快攫住我。被"快"裹挟了个人，再无回头路。他只能越来越快，若能保持一个速度不加速，便相当有定力了。

  地铁上冷气差不多一年四季都开放着，两三分钟即是一站。年轻人们肌肉松弛。小巧精致的耳机，插在一个个耳朵里。耳垂有的玲珑白皙，有的傻大憨粗。乘客们知道，速度在机车那里，随便一开动，都比他们的奔跑快几十倍，上百倍。有人帮他们"快"，他们只管跟着这"快"，自己就能变得快。

  他们都装作事不关己的样子。其实，他们都是由慢而快的参与者和推动者。有人提供了数据，有人制造了齿轮，有人屡次实验，有人试乘，有人维护。每个人都是其中的一分子，严丝合缝地咬合在一起，谁也不敢松一口气。

  从原始人追击野猪和兔子到开弓射箭，"快"带来的收获感让他们愉悦，也让他们省下力气。人类与生俱来的惰性渐渐着陆。有了汽车，马车就只能像阿尔卑斯山上的风景一样被好奇者蹲下来打量，再无可能成为永久性代步工具。但这些还不够，火车不断提速，手机由2G到

5G。以后的以后,或许换了一个亿万倍的名词来取代之。比别人稍微慢一点都觉得吃了好大的亏。他们舍弃了公路自驾,转乘飞机,用最短的时间赶到另一个城市,坐在河边的咖啡馆里。对面无人,一个下午只喝这一杯。

"慢"越来越像一个又一个点缀。无数的"快",却渐渐由工具变成了终点。

三根棍子等距离分布,顶端扎在一起,飞快地转起来,就是一个轮子。你看不到棍子和棍子上的毛刺。一快起来,细节就被忽略了。转得越快,细节失去得越多。一个个"慢",被"快"绑架着一掠而过,直至成为另外一个事物。手持石块掷向飞鸟的祖先们,抬头看见一架飞机。他们又迷惑又茫然——坐在飞机里的后代乃"非人",行为、价值观、享用的物质,完全不同于自己。自己才是纯粹的人,真正的人。他们何曾想到,自己在"慢"中期待的"快",后来成了这个样子。

你去看啊,那些疾如闪电的事物,一个个诞生。这是大势所趋,谁也挡不住。"快"已经和愉悦画上了等号。越是这样,人类就越要快。

"快"带来的愉悦,是对慢的消解和覆盖。它所挟持的事物,越来越紧密地和集体联系在一起,那种叫作个性化的物质,不可避免地被淹没。都没有了自己,都是这个集体中的细胞,伸展不开腰身。

走在深圳街头,我想,自己现在是个什么速度呢?是快吗?往前看,还有更快的事物等着我,这几乎完全可以预见。往后看,因为"快",我忽略了"慢"中的多少存在。在"快些,再快些"的无意识鞭策下,万物都是用来忽略的。这很残忍。此时的所谓慢下来，其实就是跳出去，或曰逃出去。松开周边人的手，脱离强大的体系。有的人逃离了。去大理，去丽江，去他想象中的世外桃源。但那里只要有人，他还是要进入圈子，只是一个更小、更拘谨的圈子。他的"慢"更多只是呈现在表面。他能够坐下来，月月年年，在星光下胡思乱想吗？

但是必须有一部分人胡思乱想。有了他们，那些前行者才有了润滑油、催化剂。仰望星空的人，他是人间的精灵。忧天的杞人，担心天塌下来，干脆到天上去看看。现在所有的努力都是指向"快"，将来有一天，万物以光速（或者比光快我们想象不到的更多倍）运行，飞驰啊飞驰，以致刹车失灵，人类控制不了这"快"，眼看着它带着自己像脱缰野马一样疯狂前奔。你知道，"快"具有多大的杀伤力，稍微刮蹭，非死即伤。越快，伤害的力量越大。西方谚云："放慢脚步，让灵魂跟上。"明着是提醒，暗着也许是一句预言。那一天真的来临，所有的努力就要都指向"慢"。如何消灭跟"快"有关的一切元素，成为人类最高智慧。

那时，我们尤其需要胡思乱想的人。

我很愿意把此时的想法告诉身边的朋友，他们匆匆跑进电梯门，无声地关闭，谁也不肯停下来听我说。

一线牵始终

附录

直到冰凌化成水

河床里躺着的,不是缓缓流动的一湾清水,是一块巨大的冰。往南看不到头,往北看不到头。一夜之间,液体变成了固体。动变成了静。生变成了死。软变成了硬。凉变成了冷。倾诉变成了无言。一切都变了。

它严丝合缝地镶嵌在河床里,却不是透明的玻璃状。尽管死了,它还保持着水的丰富和繁杂。

河边的冰层上,星星点点的白色孔状。那是泡沫,来不及破碎就被冻住。一些枯黄的树叶,保留着在水中打滚的姿势。那个短暂的秋天,它们兴致勃勃地离开大树,约好跟着水流去远方,不料水流没有它想象的坚定。它们在水中惬意的样子变成了挣扎的样子。还有鱼。冰层里的小鱼多么活灵活现,天真无邪。它们来不及长大,恋爱结婚,生儿育女,来不及经历鱼一生中的酸甜苦辣。在身体凝固的一刻,它眼望远方,看见其他鱼的一生,正乱纷纷地向它跑来,附着在它的身上。确有那么一部分鱼类躲过了今年这一劫。被冻着的这几条鱼,在代同类受过,代它们接受上苍的安排。它这也是一生。

这么多的事物像被点了穴一样,明晃晃地排列在冰块里。水流动的时候,它们证明水是流动的。水停下来,它们证明水死了。

这是遥远的北方。大地一片萧瑟。寒风塞满天地间。是风使用了葵花点穴手,冻住一层,再冻住一层。它们先冻住地面上的东西,再把水冻住,还要冻住地面下一两米甚至更深的地方。它们让整个北方停下脚步。一年之中至少有三分之一的时间是这样的状态。

这是伊通河,从南到北贯穿长春市的一条河。它把这个城市一切为二。很早的时候,一边是城市,一边是郊区。而现在,一边是城市,另一边还是城市。

初冬季节,河水开始冰冻。第一场雪落下来,和在寒风中挣扎的水一起融化了。第二场雪下来,和凝固的冰冻在一起。第三场雪下来,覆盖在已经冻住的雪上,层峦叠嶂。但仍有轻飘飘的雪花被冰柱推开,找不到着力点。风吹着它们,东一撮,西一堆,形成一个个小雪丘。远远望去,河流一点都不平整。

坚硬的雪上本没有路,只要有人去走,总会有路。一条小路深陷于雪中,曲曲弯弯从河岸通向河中央,显得瘦弱和委屈。小路的那头是两个穿着厚羽绒服的人。强调"厚",乃因后来到过很多南方城市,那里的人也穿一种被称为"羽绒服"的衣服,薄薄的,放在东北当秋衣都嫌单薄。

我看不清他们的年龄，甚至看不清性别。一个红色，一个黑色，连衣帽子紧紧捂住他们的脸，脸上还扣着一个硕大的白色口罩。他们行动迟缓，像两只大狗熊。用手中的铁器一下一下在冰上刨出一个坑来，然后静静坐在那里钓鱼。河流应该还没彻底冻透，厚厚的冰层下面应该有流动的水，水中有侥幸逃脱的鱼。它们逃脱了天气，但逃不过人。那两个人一坐就是一个下午。在这样寒冷的天气里，和下面的鱼对峙着。对人来说，也许只是消磨时间。对鱼来讲，是又一次走在生与死的边缘。

远远望着，那两个人时大时小。风小时，他们显得大；风大时，他们显得小。似乎整个冬天他们都在那里，也不知道钓到鱼没有。他们身旁的水桶里到底收获了多少猎物？但我佩服他们的坚硬。他们跟脚下的冰可堪一比。

我本可以走过去看看，甚至和他们交流一下，听他们聊一聊个中甘苦。但我从不敢走到冰上去，仿佛看透那个巨大的陷阱，它阴森地布好迷局，只等我愿者上钩。我最多在河边轻轻踩踏一下崛起的冰凌，稍微用力，"咔嚓"一声，便赶紧躲回来。那两个人踩出的小径，对我形成持续的诱惑，我数次产生"豁出去了"的想法，走一遭又能怎么样？他们两个人不是天天在小路上走来走去吗？而且我时常看到零零星星的人从河面上穿过，有的还推着自行车，都悠哉游哉的样子。

我终于没有踏上去。两个或者三个冬天，都只能从河边走过。我怯懦、顾虑重重。当时不知为什么，现在找到原因了。上小学时，我和小伙伴在村后的河冰上玩耍，踩塌冰层，在小伙伴们的惊呼声中，下半身陷了下去。后来好歹爬上来，保住了一条命。当时寒风刺骨，我穿着湿漉漉的棉裤不敢回家,怕挨揍,晚上躲到了奶奶家。幼时阴影随着年龄的增长非但没有消失,反而渐渐放大,影响到行事的各个方面。

伊通河上有两座桥。一座是卫星路大桥,一座是自由大路大桥。那两三年时间,我每天下午步行去上班,从卫星广场上的住宅小区出发,抵达自由大路和会展大街交会处的单位,都要横穿伊通河。我隔一天从一座桥上走过。今天走自由大路大桥,明天一定是卫星路大桥。就像小时候吃炒黄豆,把所有豆子挨个儿摆在桌子上,吃完一粒,隔着再拿一粒吃。剩下的重新摆成一排。再隔一粒取一粒吃。很无聊,又乐趣无穷。

那两年,两座大桥之间再修另一座桥。夏天最热时,几个工人仍在岸边忙忙碌碌。他们不声不响地堆起几米高的砂石,开来高大的吊车,貌似要大干一番的样子,但我每次路过那里都没见有什么起色。我盼着那座桥尽快建好,这样我就可以走第三条路了。总里程没有什么变化,我也抄不了近路,但多一条路走,总归要开心一些。

那些日子,期盼和失望每天都一起一伏。我离开长春多年之后,获知那座桥终于建好了,名繁荣桥,打通了东岸的繁荣路和西岸的北海路。

伊通河,来自满族语言,意为"波涛汹涌的大河"。事实上,我所见到的伊通河,本质上并不是一条河。它的水是假的。据说源头已无迹可寻。很久以前我曾写过一篇文章,名为《消失的河流》,里边这样提到它:

"1994年,我在长春读大学。几个同学晚上出去溜达,一起沿着自由大路向前走,前面忽然传来巨大的响声。这是伊通河。站在自由大桥上往下看,真有点头晕目眩,见一个巨浪接着一个巨浪,耳朵嗡嗡直响。史书记载,康熙大帝和沙俄进行雅克萨决战时,就曾经通过伊通河运军粮。可以想象,船头接船尾,那该是多么浩大的场面。我接触过一些长春的老人,他们大都依稀记得当年伊通河上的渔船和拉网人。而今天,流经长春市区的伊通河已经完全死去。上游还有点水,远远望去,居然还水波荡漾,其实那是自来水公司放出来的中水,只有短短的一小段,两头堵上。车从桥上过,看见下面清亮亮的,还以为真是一条河。而中下游原形毕现——臭水源源不断地涌进来,死猪、生活垃圾扔得满河都是。岸上的人泰然自若地走过来走过去。翻开报纸,你会看到,房地产商正起劲地叫卖:'伊通河边花园式小区,打开窗子,阳光和水映入眼帘。'"

诡异的是,这样的河流,我走近了它,尤其在夏天,感受到的是简直不能更美。

远望一朵大花,是挡不住的溃败。而一只蚂蚁流连在花蕊中,看到四面都是艳丽的花瓣儿。

我作为一只蚂蚁在河岸奔走时,被两岸遍布的绿树攫住了眼睛。一次,希望工程"大眼睛"的拍摄者解海龙到我所在的单位接热线,我负责接送。司机拉我们行经自由大桥北岸的车道,我目不转睛地盯着唰唰倒向后边的树木,指着外面请解老师看看,心中升腾着若干自豪。他似乎不以为意,只"哦"了一声。作为一个专业摄影者,他见过的风景太多了,能打动他的越来越少。而我从上大学开始一直在长春生活,眼看着这个城市变化和成长,一点一滴皆入心,容易打动我的东西就多。经过了多少年,见识了更多的奇景,彼时浓郁的绿依然深深刻在心底,成为抹不掉的印记。

夏日非常短暂。我短袖短裤,轻巧地沿河慢跑。凉爽的风把汗毛吹起来。不知名的花朵纷纷向我点头。我总以为它们要对我说什么,甚至担心走着走着忽然某一朵大喊我的名字:"王国华。"我是答应呢,还是装作没听见?

那两年我的心情处于一种奇怪的状态。有一种淡淡的绝望,又有一种淡淡的期盼。三十多岁了,如果没有变化,按部就班地走下去仿佛可以看到自己六十岁之后的样子。

我每天尽量避免乘车,而是步行上班。从家走到单位,大概一个多小时,当时的初衷似乎是锻炼身体,现在想来,其实是每天给自己一个放空的时间。我需要让自己停下来,胡思乱想一下,过滤一下自己三十多年来走过的路,做过的事,吃过的饭,说过的话。想象一下自己即将遇到的生活,看看自己的内心和身外的世界。人在年轻时只顾闷头往前走。就像人在原野上,脚下就是起点,往哪个方向走都不会错,条条大路向远方。人到中年,沿着一段路已经走了一半,他的指向就越来越单一,可以分化的支流越来越少,他的一生似乎已经确定。这时候他就要想一想在这条路的支流上该是什么样子。

所以在我的记忆里,更多的是冬天。偌大的城市,居然没几个人走在河岸上。我穿着厚厚的羽绒服,一个人在岸边,踩着咯吱咯吱响的积雪,脚下时不时打滑,身子一个趔趄。刺眼却无力的阳光照着我孤单的身影。风像刀子一样,粗糙的刀背在脸上擦一下,生疼。走到半路,后背开始沁出汗,浸透了内衣。风不断地吹,从羽绒服的缝隙硬挤进来,凉津津的,说不出什么感觉。可以说舒服,也可以说不舒服。正如我当时的生活状态,可以赞美它,也可以厌弃它。风漫无目的地游荡,发现了我,就像一群苍蝇闻腥而来。我带着那些风,呼哧呼哧往前走,游思如麻。一会儿想自己可能会这样,一会儿想自己可能会那样。一会儿想,我在这个城市里孤独吗?一会儿想,到另外一个城市,可能更孤独。我经常无缘无故地对比:北方这么冷,深圳现在应该是绿树成荫吧?那时我还没有去过深圳,但深圳仿佛已是我另一个故乡,等着我随时泪流满面地扑进她的怀里。

一个连冻成冰块的河流都不敢穿越的人,如何要迈出这一步?

走啊走啊,伊通河那么长。而在浩瀚的天地间,伊通河也不过一条蚯蚓。我明确地知道,它的死只是暂时的。即便没有源头活水,春风荡漾之际,那巨大的冰块也会潺潺流淌起来。

水可以死而复生,人却没法走回头路,一辈子都是不归路。

就在某一天,我忽然像个长大的婴儿,一切都明白了。睁开眼看到一个丰满而鲜活的世界。水中的小鱼舒缓过来,漂浮的叶子由黄变绿,重新翻滚。气泡一个接一个,吹起欢快的曲子。在那个春天,我开始疯狂地往岭南一带的城市投了一份又一份简历。

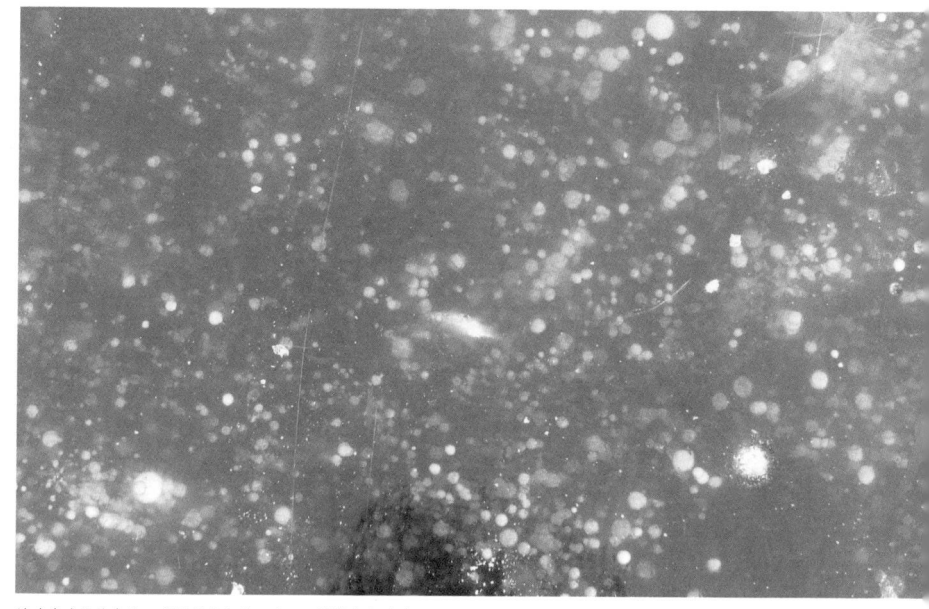

被冻在冰里的鱼儿,看见其他鱼的一生,正纷纷向它跑来。

和雕塑对视

在那个遥远的北方城市生活多年，我跟街道上的事物已经混熟了。漫长的冬天，松树上积着一层厚厚的白雪，刮风都不会落下来。每个春天都如期而至的沙尘，仿佛给城市覆盖了一层深黄的幕布。拥挤的公交车，夏日夜晚光着膀子喝啤酒吃烤串的大汉……因为熟悉，不需刻意即可想起。时常在梦里出现的，却不是这些，而是那个城市的雕塑。

我当年居住小区的南门正对着长春世界雕塑公园的侧门，我办了一张年卡，可以进去晨练。忘记花了多少钱，大概平均一次不到一元钱。

那是个极大的公园，整个夏季我差不多每天早晨都要去走一圈。一圈走下来，要一个多小时。我向往陌生，每次都走不同的路，走了一个夏天，还是没有数清这个公园里到底有多少条路，也许是夏天太短了。

晨练遇到的都是老年人，鲜见中青年。和深圳比起来，长春的中青年似乎都不怎么喜欢锻炼。我就想，那些老人即使在雕塑公园里跳广场舞，发出很大的声音，也影响不了什么。偌大的天和地，轻易淹没他们。一群蚂蚁在一个箩筐里跳舞,又有什么呢。

我还想,这么大一个地方,如果在深圳,会值多少钱?会被多少房地产商疯抢?

为什么想到深圳,而不是杭州、成都?此题无解。也许我心里总是想着深圳,后来就水到渠成地到深圳了。

在夏天,如果航拍雕塑公园,应该是一片浩瀚的绿色。绿色里潜伏着一条条道路,每条道路两旁都是一个接一个的雕塑。有的就直接站在离大路很远的草丛里。从1997年开始,长春每年定期举办一次世界雕塑大赛,这些作品大多收藏在了雕塑公园。数年积累,已有上千件作品。

那些雕塑多用石头或各种金属制成。捂了一夜的空气,早晨遇到冰凉的金属与石头,凝结成水珠,仿佛上面出了一身汗,摸上去是湿的。但我从没摸过。我不敢轻易碰触它们,担心将其惊醒。我跟它们还不太熟,这样做太唐突。我和它们更像是擦肩而过的路人。我走我的路,它们发它们的呆。

有时忽然内急,会偷偷溜进树林里解决。这里有那么一点野外的感觉。我安慰自己说,就当给植物施肥了。但我一定会远离雕塑,避免让它们看到。

公园中间的湖水,苍茫一片。微风吹过,波浪一层追着一层,永远不肯停下来。阔大的水面拓展了视野,看了一会儿湖水,忍不住再抬头望天。

据说以前这个湖泊是郊区农民浇地的水源。土地被征用,建成雕塑公园。农民失去了庄稼和牲口,失去了水,身份也转为公园的工作人员。常见一些面色黧黑的人穿着统一的制服在路旁拔草。问起,有一些原来就是附近的农民。雕塑公园第一年开放时,满地绿油油,以为是绿化工程做得好,后来听说都是临时种上的麦苗。种草来不及,麦苗长得快。但种植者肯定不会等它们长成麦子再收割。庄稼越来越不值钱,冒名顶替一下绿色植物也算与有荣焉了。

名为世界雕塑公园,平时游人并不多。二十块钱一张票,当时与本地市民的收入比,已经不低;去年回去发现已经涨到三十块钱一张票。有一年《南方周末》的编辑马莉夫妇到长春来,我带他们去雕塑公园。马莉对着那些雕塑一张一张不停地拍,边拍边轻声惊呼,真不错啊,真不错啊。美术专业的朋友徐峰,本是地道的长春人,硕士毕业后到广东中山当美术老师,回家经常要到雕塑公园看看。那时候手机还不能拍照,他们都拿着相机来拍,停下来歇息时,相机在胸前晃来晃去。

在长春生活期间,雕塑公园有过两次免费开放。印象比较深的一次是和六岁的女儿一起去的。女儿给我拍了一张照片,我自己很喜欢,每当报刊编辑要给我的作品配发照片时,我就把那些照片给他们,连续用了好几年。

原以为离开那个城市就再也回不去了,虽然还有套房子在长春,但最多是个念想,没成想去年因缘际会回去了两次。七月份,回去参加大学毕业二十周年的聚会，其间拜望了一位曾对自己有知遇之恩的兄长。他问我想去哪里看看，我脱口而出：雕塑公园。我俩在巨大的孔子塑像前拍了张合影。远处的波斯菊热烈地开放着，在午后的暖风中颤颤巍巍。

第二次是临近十二月，还没下雪，干冷。又去了一趟雕塑公园。偌大的公园裸露在天空下，风从四面刮来，厚厚的羽绒服瞬间冻透。嘴巴都麻木了，需时不时捂一捂才能张嘴说话。陪同的朋友走了一会儿就冷得受不了。我说你先回去吧，我自己再逛一会儿。

追念，只能安安静静的一个人。

这么多年，第一次认真和这些雕塑平静地对视。没有人来打扰，仿佛整个公园都是给我的。湛蓝的天空下，只有刀子一样的风。那些雕塑陆续醒过来，有了精气神。它们形态各异，有安静的，有动态的（其实安静也是动态，动态也是安静，辩证哲学）。横着，竖着。侧面，正面。黑的，白的，红的，彩色的，但是以朴素的黑、白、灰为主。那些抽象的雕塑，扭曲的，尖锐的，圆润的，在凛凛冽冽的冷太阳下面闪着光，面对远道而来的我。

根本无法用文字来描述它们的形状。每一个描述都必然是断章取义、粗暴和无力，无法呈现完整的它。人、物品、季节、抽象的思考，都通过一块块坚硬的金属和石头记录下来。

它们真美。我说的这个"美"，应该包含了震撼、惊讶、欣喜、悲伤、新鲜、怀旧、爱恋等多种感受。这些词语被雕塑家们一刀一斧一锯地变换成具体形象，通过观者的眼睛进入心里，再由心脏输血流遍他们全身。

雕塑之美，还需要名字的加持。每一个雕塑都有一个名字，刻在一块石头上,放在雕塑附近的绿草中。到了冬天,草已枯死,但还能掩映着石头。观者可以先看雕塑,暗自给它起一个名字,然后再看作者起的名字,两相对照,有种豁然开朗的感觉。有一个雕塑:一个人弓腰前行,身上背着一个沉重的袋子。他后面一个人,托着前面那人的袋子。视觉上,前面那个人是实的,后面的人是虚的,用简单的几根铁丝做成。这个雕塑的名字是《隐形救助》,看看图,想想名字,很温暖。

一组石头雕刻,细长的线条,舞动着,圈在一个圆形的池子里。风吹日晒,石材已失去原先的颜色,显得斑驳苍老(或许作者故意为之?)。这组雕塑的名字是《喷泉》。原来,在作者手下,那些舞动的石头是水柱。

另一块巨大的石头,中间和前面凿掉,三面封闭,敞开一面,形成一个石凳,名字是《二人世界》。你仿佛看到两人空空地坐在那里。或者,那两个人刚刚起身走开,而他们的体温还在石凳上存留着。

还有一个巨大的,椭圆的两头尖尖的纺锤状物体。一两米长,名字是《种子》。凭空猜想,很难想到这个名字。看到名字后,转头打量雕塑,感觉神似且形似。另有一组半圆形孔门,上面围满雪花状的饰品,纯白色,名字是《雾凇》。雾凇是东北地区冬日常见的景观,松花江畔,蒸腾的江水潮气遇到冰冷的树枝,在上面凝结成固体。一团一团的,远远望去,眼前一花,心里一颤。

种子和单体的雾凇,本来都小,遽然放大,给人以相当的视觉冲击,由此引发生理上的惊悚。另一个更加写实的是《盘古开天》,一个巨人,手持大斧,迎面向下劈来。让人一望,为之一振。缩小之美和放大之美,都是改变物品原貌,挑战观者的思维逻辑,也挑战作者本人的想象力。

这个雕塑名为《游泳者》。似乎暗示着我就是以这样的姿势,从北游到南。

在长春雕塑公园里,多幅作品命名为《春》《春韵》《望春》《春之思》……看作者,基本都生活在北方寒冷地区。冬去春来,季节明显变更,万物生死存亡的转折,更易带来心灵上的震颤,激发创作灵感。若在我国岭南地区或其他热带国家,艺术家或许较少创作此类作品,因为他们一年四季皆见绿,实在对春天无感。

这些标题和这些名字连接起来,本身就是诗歌。

我走在冬日的一首首诗歌里。

湖边摇曳的芦苇在渐渐西沉的太阳中紧紧地簇拥在一起。所有的植物不再与寒风为敌,斑驳的白桦树一根根直插天空,像是赶赴天空的邀约。还有一种灌木,叶子全部枯黄发皱,但仍一团一团地挂在枝上。回到深圳后,我用"识花君"小程序搜索了一下,先后出现了"薜荔""花楸""黄花补血草"等名字,对照显示没有一种是正确的。识花君只认识盛开的花,认不出枯死的黄叶。也许枯死的叶子枯死的花都是一个样子的。生各不相同,死终究是一样。

那些雕塑姿态迥异地站在各自的道路上,历经了一个个春秋冬夏,接下来还将承受更多的风霜雨露。它们越来越沉稳,越来越淡定。但即便金石为身,也不免一日一日苍老。

风一阵紧似一阵,湛蓝的天,干冷的空气,广袤的大地,跟拥挤的南方都市比起来,这会儿的雕塑公园简直称得上荒凉。那些雕塑似乎就应该在这里。已经不是这个城市选择了它们,而是它们一定要扎根这里。我跟一位多年的朋友说,走遍全国各地,看惯各地风景,才有资格说,雕塑公园真是一个独一无二的好地方。如果将其挪到更繁华的都市,好多好多的人参观、拍照、抚摸，各种喧嚣的人声包裹起它们，它们很快就会被吵死。它们需要在苍凉中，在漫长的冬季，和匆匆赶来的几个知己（观者）相对。它们在清瘦的对视中慢慢恢复元气，雕塑家们渗入作品中的心血终要苏醒过来。

  下次来看它们时，我和它们，都要更老了。即使我先它们而去，因为多次的对视，它们的身体里已埋入我的想法。我在它们的身体里仍能和后来者默默对视……

图书在版编目（CIP）数据

街巷志. 深圳体温 / 王国华著. －－ 深圳：深圳出版社，2021.11 (2025.1重印). －－ ISBN 978-7-5507-3203-2

Ⅰ. I267.1

中国国家版本馆 CIP 数据核字第 20242RJ543 号

街巷志：深圳体温
JIEXIANGZHI: SHENZHEN TIWEN

出 品 人	聂雄前
责 任 编 辑	何旭升
	曾韬荔
责 任 技 编	梁立新
装 帧 设 计	Lizi

出版发行	深圳出版社
地　　址	深圳市彩田南路海天综合大厦（518033）
网　　址	www.htph.com.cn
订购电话	0755-83460239（邮购、团购）
排版制作	深圳煦元文化创意有限公司
印　　刷	深圳市汇亿丰印刷科技有限公司
开　　本	787mm×1092mm　1/32
印　　张	8.625
字　　数	200千
版　　次	2021年11月第1版
印　　次	2025年1月第2次
定　　价	58.00元

版权所有，侵权必究。凡有印装质量问题，我社负责调换。
法律顾问：苑景会律师 502039234@qq.com